武《さむ》士《らい》はつらいよ

稲葉 稔

角川文庫
24098

目次

第一章　損な役いつもお定《き》まり下役よ

一

「おい、そこのたわけ！　こら、たわけ者！」

夏目《なつめ》要之助《ようのすけ》は、空の大八をごろごろ引きながら目の前を通り過ぎた男に、怒鳴るような声をかけた。

大八を引いていた男が振り返った。丸に岩という文字を染め抜いた半纏《はんてん》に股引《ももひき》というなりだ。夕日に染められたでこ面にある目を眩《まぶ》しそうに細め、

「おれのことか……」

と、怒鳴られたせいかいきり立った顔を向けてきた。

「おう、おめえがことよ」

要之助が一歩足を踏み出すと、男の目が大きく見開かれた。

「あ、あれ、要さんじゃねえか。そうだろう」

腹を立てていた男の頬が嬉《うれ》しそうに緩んだ。

「源公、しばらくだな」

「いえ、こちらこそ。お達者そうでなによりです」

源公こと源吉《げんきち》は引いていた大八の梶棒《かじぼう》を下ろし、捻《ねじ》り鉢巻きを外し、ぺこりと頭を下げた。

「おめえも元気そうでなによりだ。家の手伝いか？　養子に入ったと聞いていたが……」

「そうなんですが、出戻りになっちまいまして、へえ」

源吉は自嘲《じちょう》の笑みを浮かべた。

「出戻り……」

「いろいろあって、三月ばかり前に戻ってきたんです」

要之助はしげしげと源吉を眺めた後で、

「急いでいるなら引き止めはしねえが、少し話をしないか」

と、言った。

「もう仕事は終わりなんでよござんすよ」

要之助は供をしている中間と小者を振り返って、先に帰っていろと顎《あご》をしゃくった。

「なんだかんだと四、五年ぶりだろう」

「五年ぶりです」

「そうだったか。その辺で茶でも飲もう」

そこは美園《みその》城への入り口、坂下《さかした》門のそばだった。要之助は半町ほど先にある東山《ひがしやま》町の茶屋に行き、源吉と並んで床几《しょうぎ》に座った。

「要さんは立派に親父さんの跡を継いでいるって聞いてますよ。あ、要之助様とお呼びしなきゃまずいですね」

「なに、呼び方なんてなんでもいいさ。要ちゃんでも、要さんでも、ガキの頃のままでいいじゃねえか」

相手が源吉なので、要之助は砕けた口調になった。

「そうおっしゃっても……」

源吉はあらためて要之助を眺めた。熨斗目《のしめ》の利いた継裃《つぎかみしも》姿だ。腰には黒柄《くろづか》の大小。白の足袋に雪駄《せった》。どこから見ても立派な武士である。

「出戻りだと言ったがどういうことだ？」

要之助は茶を飲んで源吉に問うた。

「へえ、要之助さんもご存じのとおり、あっしは家業を継げない次男坊です。ですから浜の回漕《かいそう》問屋山城《やましろ》屋の養子に入ったんですが、女房とそりが合わず、なにかあるとこの養子が、養子のくせにと言われつづけ、挙げ句、舅《しゅうと》姑《しゅうとめ》に蔑《さげす》まれ、おれの堪忍もここまでと啖呵《たんか》を切って大喧嘩《おおげんか》の末に追い出されちまいまして……恥ずかしい話です」

「おめえらしいことだ。それで実家に帰ってきて仕事を手伝ってるのか？」

「手に職でもありゃいいんですが、あいにくなにもありませんで。いい歳こいて親父の臑《すね》をかじるわけにもいかねえから、仕事を手伝っているってわけです。まあ、いずれまた家を出ることになるでしょうが……」

源吉は情けない笑みを浮かべる。要之助はそんな源吉をしげしげと眺めた。子供の頃は町でよく遊んだ仲間だ。

相手は商家の子だが、子供にとって身分なんて関係ない。要之助は近所の子らとつるんで野山を駆け、川で水遊びをし、取っ組み合いの喧嘩もした。

源吉は二つばかり年上だが、一度川で溺《おぼ》れかけたことがあった。そのとき、要之助が助けてやった。また、隣町から来たガキ大将にいじめられたときにも、要之助が助けたという経緯があった。それ以来源吉は、年下の要之助を兄貴分として接するようになった。

「そういやあ、親父さん亡くなったそうですね」

「二年前だ」

「それはお気の毒に……。それで親父さんの跡を継いでいまはどんなお役に？」

「目付だ。親父が死ぬ前から見習いで出仕していたが、いまは楽じゃない」

「へえ、楽でないってのは……」

「いろいろある。城勤めは息苦しくて肩が凝る。見習いのときは楽だった」

さほど遠い昔のことではないが、要之助は目付に移る前の頃を思い出した。見習いは郡《こおり》奉行の下役だった。出勤は城ではなく大瀬《おおせ》郡山崎《やまざき》村の役所通いだった。仕事は領内にある村々の巡見、年貢徴収、訴訟の受付、触れの伝達などだったが、さほど忙しくはなかった。要之助はそのことをざっと話してやった。

「それで、お城に勤めるようになったのは出世ではありませんか」

「出世じゃねえさ。体よく追っ払われたというのがほんとうのところだろう。村の見廻《みまわ》りに出た途中で釣りをやっていたのが見つかったり、親しくなった百姓の家で昼寝をしたのが見つかったり、畑の西瓜《すいか》を食って訴えられたり、どうにもしようのねえ見習いだと思われ、役替えされたんだ」

「要さんらしいじゃねえですか。あ、やっぱ要之助様と呼ばなきゃまずいですね」

「おれとおまえの仲だ。昔のままでいいさ」

要之助はほんとうにそう思った。腹を割って砕けた話ができる相手は、いまのところこの男しかいないと思いもする。

「ガキの頃は楽しかったな」

要之助は暮れゆく空を見ながらつぶやいた。その空に数羽の鳥が鳴きながら、城の天守のほうに飛んで行く影があった。

「あの頃の仲間はみんな家を継いだり、養子に行ったり、どこへ行ったかわからねえやつもいますが……まあ、人それぞれでしょう」

「おめえも大人になったな」

要之助はあらためて源吉を見た。

「要さんも立派になられた」

「そんなこと言うんじゃねえよ。くすぐったくてしょうがねえ。おれは立派なんかじゃねえさ」

堅苦しい城勤めをしているせいか、気の置けない昔の仲間に会い、遠慮なく自分の地を出してもかまわない相手との話は楽しかった。

それから短い世間話をし、今度はゆっくり酒でも飲もうと言って、要之助は源吉と別れた。

二

カチカチと母の千代《ちよ》が切り火を切ってくれた。

「では、行ってまいります」

要之助は母の千代に言って玄関を出たが、すぐに千代の声が追いかけてきた。

「粗相をしてはなりませぬよ。言葉遣いに気をつけ、気を引き締めて精励するのですよ」

「ああ、わかっていますよ」

そう答える要之助は胸の内で、「いちいちうるせぇんだよ」と、ぼやく。

控えていた中間と小者がついてくる。

要之助は白い息を吐きながら胸を張って歩く。美園藩藤田伊勢守氏鉄《ふじたいせのかみうじがね》の家臣としての威厳を保つ。師走《しわす》の風は冷たく肌を刺してくるが、天気はよい。自宅屋敷から城まではさほどの距離ではない。

要之助は歩きながら己に言い聞かせる。

（身嗜み、言葉遣い、立ち居振る舞いに気をつけよ）

それは謹厳実直な父の教えだった。母の千代もそのことを口うるさく言う。だが、要之助は堅苦しいのが苦手だ。

城が近づくと各屋敷から登城する勤番たちが姿をあらわす。上役や上士と見れば立ち止まって挨拶《あいさつ》をしなければならないが、この時刻はまだそのような人の姿はない。だが、油断はできない。お役目に励む熱心な家臣がいる。

登城時刻は役方と番方で違う。要之助はこの年の夏まで郡奉行の下役を務めていた。それは、二年前に他界した父の跡継ぎとしての出仕だった。要は見習いの期間だった。

ところが夏に人事異動があり、大目付配下の徒目付《かち》にまわされた。厄介者は厳しい部署に移せという体のいい左遷である。

それまでは一日勤務の二日休みだった。いわゆる三日勤めでよかったが、大目付配下の番方になったいまは、三日勤めというわけにはいかない。

今日は朝番で六つ半（午前七時）に詰所に入り、泊番（昨日の朝番）の引き継ぎを受けての勤めだ。夕番は四つ（午前十時）に登城し、七つ（午後四時）には下がる。その間、朝番は一時帰宅し、七つに詰所に戻り泊番をしなければならない。

基本的な勤務はそうなっているが、仕事の都合で朝番のままる一日仕事になることもあるし、夕番も夜遅くまではたらくこともある。さらに休みも三日置きだったり二日置きだったりとまちまちだ。

それは目付という仕事柄である。仕事は多岐だ。重臣から下士に至るまで、勤務に怠りがないか目を光らせなければならない。城内にある蔵や櫓《やぐら》などの巡察、火の元の監視、諸普請の検分、触れの伝達、藩主外出の折には行列の監視もある。さらに面倒事があればその探索にも乗り出す。

早朝、城の背後にある山々は狭霧《さぎり》に包まれていたが、日が高くなったいまは深緑の木々が風に揺れていた。

城下を東西に貫く大宮《おおみや》道から坂下門をくぐると、だらだらとした上り坂になる。

大手門前は下乗《げじょう》坂と呼ばれ、騎馬で登城する重役たちはそこで馬を下りる。

大手門から鉤型《かぎがた》になっている通路もゆるやかな坂道で、石段がつづく。途中にある門を三つくぐると、本丸御殿の背後に二層四階の天守が見えてくる。屋根は千鳥破風造り。壁は白漆喰《しっくい》。瓦《かわら》は黒だ。青空にその天守がよく映えている。

要之助は本丸御殿の南側にある楓櫓《かえでやぐら》に入る。目付詰所のある建物で、本丸御殿から一段下がったところにある。一段と言っても十間（約十八メートル）ほど石垣の高さがあるので、楓櫓から本丸御殿は見えない。

玄関まで供をしてきた中間らを帰すと、要之助は詰所に入った。

早速、泊番から引き継ぎの報告を受けて手焙《てあぶ》りのそばに腰を据える。詰所には火鉢もあるので表より幾分暖かいが、それでも部屋のなかは冷えている。

とくに問題はないということだったので、要之助は手焙りにあたりながら時間を潰《つぶ》す。先任の羽村十左衛門《はむらじゅうざえもん》が眠そうな顔で火鉢にあたっていた。挨拶をしてもご苦労と言ったきり欠伸《あくび》を嚙《か》み殺している。要之助は十左衛門を羨《うらや》ましく思っている。いや、憧《あこが》れに似た感情があった。すらりと背が高く、目許《めもと》涼しく、薄い唇が赤い。怜悧《れいり》な顔つき。しかし、皮肉屋でもある。

文机《ふづくえ》についている崎村軍之助《さきむらぐんのすけ》が難しい顔で帳面をめくっていた。こちらも先任である。同じ徒目付だが、先任は新参の要之助からすれば上役にあたるので頭があがらない。

軍之助は大柄で赤ら顔の団子鼻だ。おまけに出っ歯なのでしゃべるたびに唾《つば》を飛ばす。

この軍之助が要之助の世話役になっていた。

要之助が郡奉行の下役から目付に異動になった際、

「村廻《むらまわ》りと目付の仕事は大違いだ。気を緩めておったら役目は務まらぬ。引き締めてやれ。怠けたら承知せぬ」

と言った後で、扇子でぴしりと要之助の月代《さかやき》をたたいた。痛くはなかったが、なにをしやがるんだという目をすると、

「おぬしの父上は立派な郡奉行だった。その親に恥をかかせるようなことをしてはならぬ。わしの目は節穴ではないから、怠けたりしたら遠慮なく罰を与える」

「罰……？」

ぴしりと、また月代をたたかれた。

「罰だ」

軍之助はそう言って、わかったかと要之助をにらんだ。要之助はにらみ返して
「承知しました」と答えた。

以来、要之助にとって軍之助は要注意人物になっている。

その軍之助は下役に厳しくあたるくせに、上役の目付や大目付には米搗《こめつ》き飛蝗《ばった》だ。上の言うことに意見することはない。ないどころか、「はいはい、さようです」「ごもっともでございまする」と、胡麻《ごま》を擂《す》るという体たらくである。

要之助はそんな軍之助を「くだらん男だ」と思っているが、顔には出さない。

泊番の者たちが詰所を出て行くのと入れ替わるように、目付の北村儀兵衛《きたむらぎへえ》がひょっこり入ってきた。こちらは目付なので要之助にとって正真正銘の上役である。なにをしに来たかと思えば、詰所を落ち着きのない目でぐるりと眺め、「変わりはないか」と言った。

即座に「なにもございませぬ」と、軍之助が答えた。ならばよいと、儀兵衛は詰所を出て行った。

要之助はほっと胸を撫《な》で下《お》ろす。儀兵衛は苦手だ。忠義一点張りの堅物で、鶴のように痩《や》せた体と同じように神経質だからだ。

「寒さが厳しくなってきたな。今夜の泊まりはしんどいぞ」

そう言って茶を運んできたのは同輩の西島主馬《にしじましゅめ》だった。ひげ剃《そ》り跡が青々としている。「さあ」と、大きく垂れたげじげじ眉《まゆ》を動かして茶を差し出してくれる。

「かたじけない」

「雪が降るかもしれぬな」

主馬は朝日を受けている白い障子を見てつぶやく。

「雪は勘弁願いたい」

「外廻《そとまわ》りはきついからな」

主馬はふうと湯気を吹いて茶を飲む。

「師走《しわ》だからなにかと忙しいであろう」

「忙《せわ》しないのは勤めだけさ。お、茶柱が立っておる。なにかいいことがあるやもしれぬ」

主馬は湯呑《ゆの》みを眺めてにやにや笑う。飄々《ひょうひょう》とした彼と要之助は、なんとはなしに馬の合う仲だ。

二人とも徒《かち》目付で、御目見以下の第一の役儀だが、美園藩藤田家では出世もある。

要之助の父は六人いる郡奉行のひとりだったから、その可能性は大だった。

美園藩は六人の大目付の配下に、目付八人、徒目付二十人、下目付三十二人という体制だった。大目付になれば役料千五百俵が加増される。

大目付は魅力ある役職ではあるが、要之助がいつまでも目付の部署にいるとはかぎらない。突然、役方への異動もあるだろうし、別の番方にまわされるかもしれない。

いずれにしろ、いま与えられている役目を大過なく務めることだ。徒目付は四十俵三人扶持《ぶち》であるから、暮らしは決して楽ではない。先祖代々の家禄《かろく》はあるにしろ、役料を足しても高が知れている。母親と妹の他に、女中と中間・小者の面倒を見なければならない。

だから、「質素倹約」という文字が要之助の頭にちらつく。がしかし、そのことを深刻に受け止めているわけではない。

「そういえば加山《かやま》様が風邪で臥《ふ》せっておられるそうだ」

主馬がぼんやり顔で言った。加山とは要之助らを差配している大目付の加山助左《すけざ》衛門《えもん》のことだ。六人いる大目付のひとりで、助左衛門配下の者は「加山組」と呼ばれている。

「あっ」

突然声を発したのは、いつの間にか詰所に戻ってきた北村儀兵衛だった。

声に驚いて儀兵衛を見ると、

「夏目、加山様のことが心配だ。お屋敷を訪ねて容態を聞いてまいれ」

と、言われた。

「は、わたしがですか……」

「そうだ。ぼんやり手焙りにあたっている場合ではない」

「はは、承知いたしました」

三

大目付加山助左衛門の屋敷は城の西方に位置する二の丸にある。藩重臣らが住まう敷地で、なかには城下に抱え屋敷を持っている者もいる。

大目付は役料千五百俵だが、家禄二千石や三千石ある者もいる。加山助左衛門は家禄三千石の大身なので、屋敷も立派だった。

屋敷門で訪《おと》ないを入れると、すぐ玄関に通された。式台にあらわれた用人に助左衛門の具合を尋ねていると、奥から中間がやって来て、

「殿様がお会いになるとおっしゃっています」

と、告げに来た。愛想の悪い用人はいやな顔をしたが、

「ならば寝所へまいられよ」

と、案内をしてくれた。

助左衛門は日当たりのよい寝間にいて、布団の上に座っていた。

「夏目であったか。話し声が聞こえたので誰だろうかと思ったのだ。遠慮はいらぬ。入れ。障子を閉めてくれ。風が入ってくるとかなわぬ」

助左衛門はそう言って、鼻紙を使ってちーんと洟《はな》をかんだ。顔色は悪くない。

「お熱がおありなのでは……」

要之助は閉めた障子のそばに座って助左衛門を見た。

「熱は下がった。今日一日大事を取っておれば、明日には出仕できるであろう。今日は朝番であるか、それとも夕番であるか？」

「朝番でございます」

「すると今夜は泊まりだな」

「はい」

「心配をしてきてくれたのだな。よい心がけだ」

儀兵衛に指図されたからと言おうとしたが、助左衛門が言葉を被《かぶ》せてきた。

「仕事には慣れたか？　そなたはこの夏に移ってきたばかりで、要領のいかぬこともあろうが、いかがだ？」

「もう大分慣れてまいりました」

「ならば安心だ」

そう言った助左衛門は、しばらく火鉢の上に置かれた五徳を眺めてから、

「生まれは下総立野《しもうさたての》であるか」

と、つぶやくように言った。

「さようです。ですが、立野のことはあまり覚えておりませぬ」

藤田家が立野藩から美園藩に転封したのは、文政三年（一八二〇）のことだった。要之助がまだ三つの頃だ。藤田家は立野藩の前は遠江今須《とおとうみいます》藩にあった。立野藩に国替えされたのは、立野藩大河内《おおこうち》家に世嗣《せいし》がなく、またお家騒動があったからだ。

その立野藩から美園藩への国替えは、前美園藩藩主の小出家久《こいでいえひさ》が若年寄に抜擢《ばってき》されたからだった。幕府重臣は江戸《えど》に近い国に住むのが昔からの習わしであるし、また大名家は幕府の国替え命令を拒否することはできない。

「立野からここ美園への引っ越しは大変であった。そなたの父御から話は聞いておらぬか」

「何度か聞いたことがありますが、詳しいことは……」

「御前様以下、家臣がそっくり引っ越しをしなければならぬから、一言で言えぬ苦労があった。もう国替えは懲り懲りだ。そうは言っても、大御所様が身罷《みまか》られたのでなにがあるかわからぬ」

大御所というのは十一代将軍家斉《いえなり》である。その家斉逝去は今年の閏《うるう》一月三十日のことだった。

「また国替えがあるのでしょうか？」

「それはわからぬ。ただ、老中首座の水野《みずの》越前《えちぜん》様が幕政の改革を進められておる。十一代様（家斉）側近の幕府重役連はみな役を解かれた。そればかりではない。御目見と御目見以下の者も暇を出された。その数九百を下らぬそうだ」

「そんなに……」

要之助は目をまるくした。

「家臣としては殿の出世を願わなければならぬが、江戸に近い地への国替えはしんどいからのぉ」

助左衛門はそう言ってから短く咳《せき》をした。

「大丈夫でございまするか？」

要之助は尻《しり》を浮かして心配した。

「明日には出仕できるはずじゃ。わざわざの見舞い大儀であった」

「はは、どうかご無理なさいませんように」

要之助は長居は無用だと思い、そのまま寝所を辞した。

ちょっと緊張していた。組頭である大目付の助左衛門と面と向かって二人だけで話したのは初めてだった。

怖い人だと思っていたが、案外人の好《い》い話好きだとわかった。だが、なぜ自分が様子見に行かなければならないのかと思った。

心配なら北村儀兵衛が自分で行けばいいのではないか。なぜ、おれに押しつけたのだと、いまさらながら少し腹が立った。だが、待てよと、石垣の角で立ち止まった。様子伺いではあったが、手ぶらで行ったのはまずかったのではないかと気づく。相手は床に臥せっている大目付なのだ。自分たちの頭である。

(気を利かせるべきだったか……)

要之助は頭《かぶり》を振って歩き出した。だが、北村儀兵衛は見舞いを持って行けとは言わなかった。まあいいかと思って詰所に戻ると、

「夏目、どこに行っておった?」

と、いきなり崎村軍之助が目くじらを立ててにらんできた。大柄なので要之助は気圧《けお》される。

「お頭のお屋敷に様子伺いに行ってまいりました」

「なに、様子伺いだと。仕事中であろう。いったいなにを考えておるんだ」

軍之助は赤ら顔のなかにある団子鼻をふくらませる。

「お頭が風邪で臥《ふ》せっていらっしゃるので、容態を聞いてこいと北村様のお指図を受けたのです」

「北村さんに……」

軍之助は眉宇《びう》をひそめて、ちっと舌打ちした。

「それでいかがだった？」

「明日には出仕できるとおっしゃいました。熱も下がったようです」

「それはそれでよいが、大変なことが起きた」

「大変なこと……」

要之助は目をしばたたく。

「殿の馬が死んだのだ。いや、殺されたのかもしれぬ」

要之助は「えっ！」と、驚いた。そういえば、詰所に誰もいないと気づく。藩主の藤田氏鉄は大の馬好きで知られている。その愛馬が殺されたかもしれないというのは大変なことだ。

「とにかく厩《うまや》へ行って検分しなければならぬ。ついてまいれ」

四

要之助は崎村軍之助のあとを追って厩へ急いだ。厩は城内東側にある。七間厩で、いまは三頭の馬が飼われていた。いずれも藩主氏鉄の愛馬だ。

厩の前には目付らが集まっていて、徒目付《かち》の羽村十左衛門が二人の馬方から話を聞いていた。

「どうだ？」

軍之助が十左衛門のそばに行って声をかけた。

「わからぬ。馬に傷はないから病死かもしれぬが……おかしなことだ」

十左衛門はちらりと要之助を見てから、すぐに馬方に顔を戻し、

「昨夜は元気だったのだな」

と、色の黒い馬方に話しかけた。もうひとりの馬方はひょろりと身丈のある男だった。

「夕刻に餌をやったときには元気でした。昼間は馬場で走らせてもいます。飼い葉も普段と変わらずに食べたのですが、まさかこんなことになるとは思いもよらぬことで……」

色黒の馬方は厩のなかをちらちら見ながら答えた。

要之助も厩のなかを見た。一頭の馬がぐったりと横になっている。黒鹿毛《くろかげ》で氏鉄が「流れ星」と名付けた馬だった。名前の通り額にある白斑《はくはん》が流星の形をしていた。下目付の青木《あおき》清兵衛《せいべえ》と徒目付の西島主馬が、流れ星の体を調べていた。

「やはり傷はありませぬ」

流れ星を調べていた清兵衛が、十左衛門と軍之助に報告した。

「すると病死か……」

十左衛門が細い顎《あご》を掌《てのひら》で撫《な》でてつぶやく。

「されど、昨日まで元気だった。そうだな」

軍之助が馬方に問う。二人はそうですと答えた。馬方は馬の管理飼育と調教をし、馬具の修繕もやり、藩主が外出のときには口取り役になる。

「いつ死んだかわかるか？」

十左衛門が二人の馬方を交互に見て聞く。

「昨夜遅くか明け方だったのか、それはわかりません」

身丈の高い痩《や》せた馬方が答えた。

「おぬしらが仕事を終えたときは生きていた。今朝来てみたら死んでいた。つまり夜中に流れ星は死んだ。さようなことか……」

「そう考えるしかありません」

十左衛門は小さなため息をついて軍之助を見た。

「人もぽっくり逝くことがある。流れ星もそうだったのかもしれぬ。されど、困ったな。このことを殿がお知りになったら、さぞ嘆かれるだろう」

「だからといって黙っておくわけにはまいらぬ」

軍之助は腕を組む。

「まずは上役に知らせて、どうするか決めるしかあるまい」

十左衛門がそう言うと、

「大野《おおの》さんに相談するべきであろう」

と、軍之助が応じた。

大野というのは、目付で十左衛門と軍之助の上役だ。もちろん要之助の上役でもある。大野の名は善《ぜん》右衛《え》門《もん》と言い、赤ら顔の小太りで愚痴の多い目付だった。

「ならば大野さんが登城されてから相談しよう」

十左衛門はそう言うと、

「夏目、おぬしはここで流れ星を見ておれ。死体をどうしたらよいか考え、あらためて指図する」

と言って、軍之助と詰所に戻っていった。

二人を見送った要之助は、厩のなかを見た。流れ星の死体を調べていた青木清兵衛と西島主馬が、途方に暮れた顔をしている。

要之助は死んでいる流れ星を見た。体毛が艶《つや》をなくしている。目は開いたままで虚空を見つめていた。

「清兵衛、主馬、おぬしらは流れ星の体に傷はないと言ったが、体の隅々まで調べたのか？」

流れ星は巨体だ。体の半分は地面についている。その地面側を調べるには、流れ星の体をひっくり返さなければならない。そのことを問うと、青木清兵衛は裏返すことはできないので調べられないと言う。

「もし、反対側に傷があったらいかがする」

要之助に言われた清兵衛は、主馬と顔を見合わせた。二人はついさっき十左衛門と軍之助に、流れ星の体に傷はないと言ったので罰が悪そうな顔をした。

「おぬしら、流れ星の体を裏返せるか？」

要之助は二人の馬方に尋ねた。色の黒い馬方は増田《ますだ》栄蔵《えいぞう》で、痩せて身丈のあるのは清水甚太郎《しみずじんたろう》と言った。

「……綱を使って吊《つ》りあげるしかないでしょう」

清水甚太郎が小首をかしげながら、そうすればできると言う。

要之助は死んでいる流れ星を眺めた。体の右半分を下にして、前後の脚を揃えたように体の左側に伸ばしていた。

「やってくれ。吊りあげれば体の反対側を調べられる」

二人の馬方が綱を探してくると言って去ると、要之助は厩のなかに入った。

「なんで死んだんだろう？　昨日は馬場で元気に走っていたそうだが……やはり、ぽっくりってことかね」

主馬は普段は剽《ひょう》げている男だが、このときばかりは垂れたげじげじ眉《まゆ》をさらに垂らして悲しそうな目をする。

要之助は流れ星の目を閉じてやろうと瞼《まぶた》に手をあてた。そのとき、流れ星の口のあたりにあぶくみたいな白いものが付着しているのに気づいた。よく見ると、口の近くに黄色っぽい涎《よだれ》みたいな液体がたまっていた。

「吐いたみたいだな」

要之助は流れ星の口のあたりを見てつぶやいた。

「死ぬ間際に苦しくて吐いたんでしょう」

青木清兵衛がしゃがんでつぶやく。要之助はなにか悪いものでも食べたのではないかと考えた。厩《うまや》のなかは糞尿《ふんにょう》で臭いし、湿っぽい。下には藁《わら》が敷かれているが、地面は概《おおむ》ねむき出しだ。

「綱を持ってまいりました」

馬方の栄蔵が戻ってきて丈夫そうな綱を掲げた。

栄蔵と甚太郎が厩のなかに入ってきて、流れ星を吊りあげる作業に取りかかった。綱を流れ星の体の下に入れ、その一方を天井の梁《はり》に通す。一本ではどうにもならぬので、都合四本の綱を使って、流れ星を吊りあげる準備を終えた。

五人で力を合わせて綱を引くが、なかなか持ちあがらない。目方はゆうに百七貫（約四百キロ）はあるだろうから重労働だ。それでも五人で力を合わせ、かけ声をかけながらわずかに流れ星の体を浮かせることができた。

「よし、これでいい」

流れ星の体が地面から二尺（約六十センチ）ほどあがったところで、要之助が声をかけた。流れ星の体が落ちないように綱を柱にくくりつけると、要之助が下にもぐり込んで流れ星の体を仔細《しさい》に調べた。傷などはなかった。

流れ星を元どおりに横たえると、要之助たちは厩の外に出た。

「やはり、ぽっくりでしょうか……」

青木清兵衛が丸顔のなかにある大きな目をみはってつぶやいた。

「いや、わからぬ」

要之助はそう応じて、二人の馬方に顔を向けた。

五

要之助は厩前にある腰掛けに、馬方の増田栄蔵と清水甚太郎を呼んで、

「昨日のことを話してくれ」

と、二人を眺めた。

「昨日は普段と変わりなく餌も食いましたし、馬場でも嬉《うれ》しそうに走っておりました。他の馬とじゃれたりもしておりましたし、特段変わったことはありませんでした」

甚太郎が痩《や》せた頰を撫《な》でて答えた。

「水も普段のように飲んだのだな」

「ええ」

甚太郎はうなずく。

要之助は厩に目を向けた。流れ星の隣の厩舎《きゅうしゃ》にいる二頭の馬が餌を食《は》んでいた。

「おぬしらはいつ下城した？」

「拙者は夕七つ（午後四時）に帰りましたが、栄蔵は日の暮れまでいたのだな」

甚太郎は栄蔵を見て言った。要之助も栄蔵を見た。

「拙者は飼い葉を与え、様子を見てから暮れ六つ（午後六時）に帰りました。そのとき、流れ星に変わったことはなかったのですが……」

「ぴんぴんしていたのだな」

「さようで……」

「いつもと違う餌をやったりはしておらぬか」

「いいえ、餌はいつも同じです」

「流れ星はなにか吐いたようだ。口にあぶくがついていた。それに口の下の地面に涎みたいな溜まりがある」

栄蔵と甚太郎は顔を見合わせた。栄蔵が小首をかしげる。

「要するにおぬしらが仕事を終えたときには、流れ星は元気だった」

二人の馬方は同時にうなずいた。

「今朝、死んでいるのを見つけたのは誰だ？」

「拙者です。厩に来てすぐ気づき、驚いたのです」

栄蔵だった。顔がこわばっている。

「そのあとでおぬしが来たのだな」

要之助は清水甚太郎を見て問うた。甚太郎もかたい顔でうなずく。

「そうか……」

要之助は遠くの空に目を転じた。

「馬方はもうひとりいたな」

そう言ったのは主馬だった。垂れたげじげじ眉を動かして、馬方から要之助に目を向けた。

「内藤《ないとう》伊三郎《いさぶろう》という者です。伊三郎は昨日は非番で休みでした」

要之助はそう答えた甚太郎に顔を向けた。

「内藤はなぜ今日はおらぬ？」

「それがわからぬのです」

甚太郎は困り顔をした。

「なぜ、わからぬ？」

「普段なら出てきている刻限なのですが、なんの沙汰《さた》もありませんで……」

家臣が休みをとるときには、事前に届けを出さなければならない。急病などで床から出られないときにも、病届けを出すことになっている。

「ひょっとすると、具合が悪いのかもしれませぬ。一昨日《おととい》、風邪っぽいようなことを申していましたので、熱を出して臥《ふ》せっているのかもしれませぬ」

「それは気がかりだな」

「それにしてもこのことを殿がお知りになったら、さぞやお嘆きになるであろうな」

清兵衛が本丸御殿のほうを見やって言った。そのとき、一方から羽村十左衛門と崎村軍之助を従えた目付の大野善右衛門が、血相を変えた顔で足早にやって来た。

「殿の愛馬が死んだというのはまことであるか」

厩の前で立ち止まった善右衛門は要之助らをひと眺めしてから、流れ星の厩に近づき、

「おお、なんということだ！」

息絶えている流れ星を見た善右衛門は、大仰に驚いてから要之助らを振り返った。

「なにゆえ死んでしまったのだ？」

これには誰も答えられない。善右衛門は厩の前をせかせかした足取りで何度か往

復し、豆粒のような目を十左衛門と軍之助に向け、そして馬方を見た。

「いったいどうしたわけだ」

二人の馬方は昨日は元気だったが、今朝来てみたら死んでいたとしか答えられない。

「病にかかっていたのではないか？　流れ星はまだ若い。たしか三歳だったはずだ」

「三歳の牝馬《ひんば》です。病にかかったようには見えなかったのですが……」

栄蔵が悔しそうに唇を嚙《か》んで答えた。

「病にかかって死んだという証《あかし》を立てられるか？　証を立てられなければ、殿は納得されまい。どうだ、証はあるか？」

二人の馬方は困り顔をした。

「大野様、病で死んだのかどうか、それはまだわかりませぬ。もう少し調べる必要があるかと思われます」

要之助が一歩前に出て言うと、善右衛門は赤ら顔のなかにある小さな目をぐりぐり動かし、小太りの体を短く揺すった。普段から落ち着きのない目付だが、いまはしかたないだろう。なにせ藩主お気に入りの馬が死んだのだ。

「おぬしらが殺したのではあるまいな」

善右衛門が二人の馬方を見て言った。栄蔵と甚太郎は一気に顔色を変えたが、要之助もぎょっとなった。

「ま、まさか拙者らはそんなことはまかり間違ってもいたしませぬ」

細い体をふるわせて清水甚太郎が弁解した。増田栄蔵は青い顔をしていた。もし、善右衛門が言ったように流れ星を殺したとなれば、二人はきつい咎《とが》めを受けなければならない。最悪、切腹もあるだろう。

「どうする、どうする。困ったぞ、困ったぞ」

落ち着きなく善右衛門は二間ほどの距離を行き来して、はたと立ち止まり、十左衛門と軍之助を見た。

「このことを殿に伝えなければならぬ。どうする？」

「それは大目付の加山様に相談しなければなりませぬが、加山様は床に臥せっておられるそうで。そうだな、夏目」

軍之助がにらんできたので、要之助はどきっとした。

「はい。明日には出仕できそうだとおっしゃっていますが……」

「ならばわしが行って相談をしてまいろう。おぬしらは詰所に戻りわしの帰りを待て」

善右衛門はそう言うと、せかせかした足取りで加山助左衛門の屋敷へ向かった。

要之助たちは二人の馬方を残して詰所に戻ることにした。

六

「やはりぽっくりかね」

要之助が詰所に戻るなり、西島主馬が話しかけてきた。

「……それは、おれにはわからぬ」

要之助は湯呑《ゆの》みを口に運んだ。

「人がぽっくり逝くというのはたまに耳にするが、馬だからやはりぽっくりだろうな。馬はポックリポックリ歩くだろう」

「それを言うならポクポクだろう」

「まあ似たようなものではないか。聞いたことがあるんだ」

主馬は膝《ひざ》を詰めてくる。要之助がなにを聞いたと問えば、

「おれの家の近くの犬がぽっくり逝ったという話だ。昨日まで元気に吠《ほ》えて走りまわっていたのに、翌朝死んでいたと。流れ星もそうだったのではないかと……」

と、主馬は青々としている顎《あご》をさする。

「犬も馬も同じ獣であるからな」

要之助は小さな声で応じた。手焙《てあぶ》りのなかの炭がぱちっと爆《は》ぜた。

「流れ星の体にはどこにも傷がなかった。他に考えようはないであろう」

「主馬、おぬしがもし馬を殺《あや》めるとするならどうやって殺める」

「また、怖ろしいことを聞く。そんなことは考えたこともない」

「たとえばの話だ」

主馬は真顔になって腕を組んで考える。詰所は流れ星が死んだせいか忙《せわ》しない。上役や下役の目付が出たり入ったりしている。

「喉《のど》をかっさばくとか、棍棒《こんぼう》で額のあたりを殴りつけるぐらいかね」

主馬が口を開いた。

「傷をつけずに殺す方法だ。棍棒で殴ったらそれらしき痕《あと》があるはずだ。されど、そんなものはどこにもなかった」

主馬はまた腕を組み直して考える。

「やはり薬ではないかな」

要之助はつぶやいて言葉を足す。

「毒を飲ませれば、傷をつけずに殺すことができるな。されど、なにゆえ殺さねばならんのだ」

そんな話をしていると、仲間の徒目付《かち》が詰所にやって来て、馬医者が流れ星の検視をしていると告げた。詰所にいる目付たちは、みんな流れ星の不審死について話し合っていた。

それから間もなく、大目付の吉田豪四郎《よしだたけしろう》が藩主の氏鉄に流れ星の死を伝えに行ったという知らせが入った。どうやら床に臥せっている加山助左衛門が吉田豪四郎を代役に立てたようだ。

あちこちで殿のご落胆は考えるまでもないとか、馬はどうやって葬るんだとか、流れ星の後釜《あとがま》はどうなるだろうかといったことが囁《ささや》かれていた。

「殿が流れ星を見に行かれた」

それは、昼前のことだった。教えに来たのは崎村軍之助で、厩《うまや》に行って氏鉄の悲嘆ぶりを眺めてきたらしい。

「まあ、わしは遠くから眺めていただけだが……とにもかくにもやれやれだ」

軍之助はそう言ってため息をつき、主馬が淹《い》れた茶に口をつけた。

午前中の騒ぎはそれで一段落して、詰所は普段の落ち着きを取り戻した。

「さてさて、夕番も揃っていることだし、おれは一度家に戻ってひと眠りしてこよう」

要之助が腰をあげれば、そばにいた主馬と青木清兵衛も「おれも」「わたしも」

と言って腰をあげた。

三人は大手門まで歩いて、そこで別れた。要之助は迎えに来た中間の小助《こすけ》に変わったことはないかと尋ねた。

「それが、ちょっと……」

小助は小柄でおとなしい男で話し下手だ。

「ちょっとなんだ？」

要之助は後ろからついてくる小助を振り返った。

「米屋の吉兵衛《きちべえ》さんが相談があるそうです。青い顔をしていました」

「米屋の吉兵衛って、岩井《いわい》屋のあのタコみたいな親父か……」

「へえ」

吉兵衛は源吉の父親である。いったいなんであろうかと、要之助は首をかしげた。

自宅屋敷の玄関に入るなり、奥から妹の鈴《すず》が駆け寄ってきた。

「兄上、兄上……」

「なんだ」

要之助が式台に腰を下ろすと、鈴はつづけた。

「兄上は岩井屋の源吉さんを知っていますね」

「ああ、昨日会ったばかりだ」

「その源吉さんが町方に連れて行かれたそうよ」

えっとなって、要之助は鈴を見た。十五の鈴は、名前のとおり鈴を張ったような目をしている。

「なにゆえ、源公が町方に……」

「わからない。でも、岩井屋さんはとってもお困りの様子で、兄上に相談にのってもらいたいとおっしゃっていたわ。兄上、行ってあげたらいかが……」

「そうだな」

要之助はそのまま立ちあがった。

七

「あ、要さん、要さん……」

岩井屋を訪ねるなり、主《あるじ》の吉兵衛が奥からすっ飛んできた。

「源公が町方に連れて行かれたらしいが、なにをやらかした？」

「いきなり町方の旦那《だんな》がやって来て、話があるから役所まで来いって引っ張って行かれたんですよ」

吉兵衛が話す間に、女房のお常《つね》もそばにやってきた。

「だから、どういうことだ？」

「なんでも菓子屋の娘を拐《かどわ》かしたとかそんなことを言っていました。源吉は身に覚えがないと言ったんですが、旦那はとにかく詮議《せんぎ》するから来いと言って……どうしたらいいかわからなかったんですが、はっと要さんのことを思い出しまして……」

「あんた、要さんじゃ失礼じゃないか。要之助様は立派なお武家様なんだよ」

お常が横から窘《たしな》める。

「要さんでいいよ。それで源公の野郎が菓子屋の娘を拐かしたというのはいつだ？」

「三日前の夜です。ですが、源吉はその日は家にいたんです」

「そうなんですよ。どうしてあの子が疑われるのかわからなくて。それで要之助様は目付をやってらっしゃるから相談したらどうだろうかと思って、この人がお屋敷を訪ねていったんです」

お常が早口で言う。二人とも気が気でないという顔だ。

「よくわからねえが、役所に行って話を聞いてきてやる」

吉兵衛とお常は、お願いしますと深々と頭を下げた。

町奉行所は城下の目抜き通りである大宮道を進み、風見川《かざみ》に架かる吾妻橋《あづま》をわたり、川沿いに北へ二町（約二百十八メートル）ほど行ったところにある。

町奉行所とは呼ばず、単に「役所」と呼ばれている。奉行の下には同心小頭が三人、同心八人、足軽衆が二十人ほどついている。

「徒目付の夏目要之助である。岩井屋の倅《せがれ》が連れ込まれたと聞いたが、取次ぎを願う」

二人いた門番のひとりが役所の玄関に走って行き、すぐに戻ってきた。

「調所へ行ってください」

要之助はそのまま調所に向かった。何度も来ているので場所はわかっていた。役所の右手、厩の前がそうだった。

閉めてある戸の前で名乗ると、足軽が戸を引き開けてくれた。源吉が後ろ手に縛られたまま土間に座らされていた。奥にある板の間の上がり框《がまち》に座っていた同心が、鋭い目を向けてきた。そばにもうひとり同心がいて、戸のそばにも二人の足軽が控えていた。

「夏目殿、困ったものだ」

調べにあたっている年嵩《としかさ》の同心があきれ顔を向けてきた。名を原口六兵衛《はらぐちろくべえ》という。要之助とは顔見知りである。

「いったいなにをしでかしました？」

「三日前に春日《かすが》町の菓子屋の娘を拐かそうとしたのだ。お鶴《つる》という娘なんだがね。なぜそんなことをやったと聞いても、知らぬ存ぜぬで白を切りやがる」

要之助は六兵衛から源吉に目を向けた。

「源吉、ほんとうに拐かしたのか？」

「おれはやってねえ。やってねえもんはやってねえからそう言ってんだが、この旦那が信じてくれねえんだ」

源吉はむくれ顔を向けて言った。

「訴えはお鶴という娘から出ているのですか？」

要之助は六兵衛に問うた。

「お鶴の親からだ。始末の悪い男に連れて行かれそうになったが、お鶴は隙をついて相手の手を振り払って逃げたらしい。その男が岩井屋の源吉だと言っているのだ」

「おれじゃねえ」

源吉はきかん気の強い目を六兵衛に向けた。

六兵衛は苦々しい顔で首を振る。どうやら手こずっているようだ。

「源公、お鶴という娘を知っているか？」

「ああ」

源吉は頭に血が上っているらしく、ぞんざいに答える。

「そのお鶴はおまえに攫《さら》われそうになったと話しているようだが……」

「おれはやっちゃいねえ」

「ならばお鶴が嘘を言っていることになる。お鶴は自分を攫おうとした男がおまえに似ていたと言っているようだが、おまえでなければ誰だ？」

「知らねえ」

「原口さん、お鶴が攫われそうになったのは、三日前の何刻頃《なんどき》だったのです？」

要之助は六兵衛を見て聞いた。

「お鶴は五つ（午後八時）頃だと言っている。近所に届け物をした帰りに襲われ、連れて行かれそうになったと、そう申している」

「三日前の五つ頃……源公、正直に言うのだ。三日前の五つ頃、おまえは家にいたのだな」

「もちろんだ。親も兄貴も、それから使用人もいたから知ってる」

要之助は六兵衛に顔を向けて、そう言っていますがと言った。

「くそ、手を焼かせやがって。おい、誰か岩井屋に行って三日前の晩のことを聞いてこい」

六兵衛が指図をすると、ひとりの同心が表へ出て行った。

「夏目殿、目付に移られたそうだな」

要之助は六兵衛を見た。口の端に人をからかうような笑みを浮かべていた。

「この夏移りました。郡奉行の下役は楽だったのですが、目付仕事は骨が折れます」

「そりゃそうであろう。目付は重いお役だからな。それにしても夏目殿が目付にねえ」

要之助は六兵衛をにらんだ。子供の頃から知っている同心だ。やんちゃ坊主だった要之助は何度も六兵衛に叱られたことがある。

そんなことを六兵衛は暇を潰《つぶ》すように話した。

「いつまでも子供のままじゃありませんよ」

「それはそうであろう。そなたの父上は立派な郡奉行だった。少しは見習うようになったというわけだ。いずれは父親を超える男にならねばならんな」

余計なお世話だと思う要之助は、「まあ、いずれ」と誤魔化す。

そんな話をしていると、岩井屋へ行っていた同心が戻ってきた。

「三日前の晩、源吉は家にいたそうです。親の話じゃあてにならんので、こやつの兄夫婦と女中の他に使用人にも話を聞いてまいりましたが、間違いないようです」

「それじゃお鶴の勘違いだったってことか……」

同心の報告を受けた六兵衛は、ため息をついて源吉を見た。

「だからそう言っただろう。人を罪人扱いしやがって……」

源吉はその場で放免となった。

「菓子屋のお鶴ってぇのはどこの菓子屋だ？」

要之助は町奉行所を出たところで、源吉に聞いた。

「春日町にある小川屋《おがわや》って店です。まあ可愛い娘なんで、ときどきからかってはいましたが、攫うようなことするわけがないでしょ。おれはそんな悪党じゃありませんよ」

「わかっているさ。だが、疑いが晴れてよかった。その辺で休むか」

要之助はそのまま風見川の土手に腰を下ろした。天気がよいので、あまり寒さは感じない。川面《かわも》はよく晴れた空を映し取っていた。

「要さん、ありがとうございます。来てもらって嬉《うれ》しかったです」

源吉は殊勝に頭を下げて礼を言った。

「水くせえことはよせ。おれとおめえの仲だ。だけど、おめえはいいなあ。出戻りの男だが、自由だ」

「そうでもありませんよ。兄貴にはいやな顔されるし、親は親で厄介者扱いするし」

「それでもおめえの親は心配していたぜ。悪く言うもんじゃねえよ」

「……要さんは自由じゃないんですか？」

「気ままに生きちゃいけねえさ。武家には武家のしきたりがあり、家柄ってもんがあるからな。正直に言っちまうが、死んだ父親の姿を見てよく思ったもんだ。なんて堅苦しい仕事をしているんだ。おれは父親の跡は継ぎたくないと思っていた。されど、それは許されることじゃなかった。しかたなくと言えばしかたなくだろうが、侍にはなりたくなかった」

源吉が意外だという顔を向けてきた。

「侍になりたくてもなれないやつもいるんですぜ」

「まあ、そうだろうが、ないものねだりだろう。もっとも商人も職人も百姓も傍《はた》で見ているほど楽じゃないというのはわかってはいるが……」

「それじゃなんになりたかったんです？」

「さあ、なんだろう？　いろいろ考えたが、考えているうちにいまになっちまった」

要之助は手許《てもと》の枯れ草をちぎって投げた。

子供の時分はよかったと思う。武家の子も町人の子も分け隔てなく付き合えた。

だが、そこには品行方正で謹厳実直な父に育てられた自分と、一旦《いったん》外に飛び出せば自由奔放な自分とがいた。

どっちがまことの自分なのだろうかと考えるときがあるが、答えはいつも後者だ。

「どうしたんです？」

要之助が黙っていると、源吉が声をかけてきた。

「なにもかも捨てて逃げられればいいと思うことがあるんだ。だけど、そうはいかねえからな」

要之助は遠くの景色をぼんやりと眺めた。口うるさい母親だが、見捨てるわけにはいかない。妹の鈴には幸せになってもらいたい。家や家族を捨てられたとしても、行くあてはない。結局、祖先から受け継いできた「家」を守るしかないのだ。

「おれもこれからどうしたらいいか考えてんです。いつまでも実家に居座れるわけじゃないですからね」

源吉はしんみりとつぶやく。

「へこたれるんじゃないよ。なにがあったって一所懸命に生きてりゃ、そのうちいいこともあるだろう」

それは自分に言い聞かせる言葉でもあった。

「はい。そうですね」

源吉が嬉しそうに笑った。要之助も小さく笑い返した。

「さ、帰っておまえの親を安心させてやれ」

要之助は源吉を店のそばまで送ってから自宅屋敷に戻ったが、昼寝をする間もなく城に戻る刻限になっていた。

女中のおくらに夕餉《ゆうげ》の弁当と夜食のにぎり飯を作ってもらうと、それを持って城に戻った。

すでにあたりは黄昏《たそが》れていたが、日はまだ西の空にあり、天守を赤く染めていた。

「夏目、流れ星のことだがな、このままではすまぬことになった」

詰所に入るなり崎村軍之助がそばに来て、耳打ちするように言った。

「どういうことです？」

「殿の下知があったのだ。流れ星の死因を調べろと」

要之助は二度三度とまばたきをした。

「殿は流れ星がぽっくり逝ったとはお考えではない。何者かに殺されたと疑っておられる。わしら目付にその調べがまかされた。まずはその掛《かかり》をおぬしがやれ」

軍之助はそれだけを言うと、自分の持ち場になっている手焙《てあぶ》りのそばに戻った。

「え、それは、それは……」

第二章　例によって能なし上役なにもせず

一

「やあやあ、遅くなったとは言っても、遅刻ではないぞ」

西島主馬が要之助のそばにやって来て、すとんと腰を下ろした。いやあ、よく寝たのですっきりしたと、剽軽顔《ひょうきんがお》で言葉を足す。

「おれは昼寝どころではなかった」

要之助は仏頂面で答える。

「なにかあったのか？　つまらぬ顔をしておるが……」

「なんでもない。それより流れ星のことだ」

「流れ星……。もう一件落着だろう」

「それがそうではないのだ。殿は流れ星の死を疑っていらっしゃるようだ。死因を調べろとの下知があった」

「へえ、そんなお下知が……。ならば赤団子出っ歯と羽村さんにまかせておけばよいだろう」

主馬はずるっと茶を飲む。

「なんだ赤団子出っ歯とは……」

「崎村さんのことだよ」

要之助は崎村軍之助をちらりと見た。たしかに赤団子出っ歯だ。赤ら顔の団子鼻で出っ歯だから、言い得て妙だ。思わず噴き出しそうになったが、すんでのところで堪《こら》えた。

「されど、その調べはおれたちにまかされた」

要之助はあえて「おれたち」と言った。

「ええっ、おれたちって、おれとおぬしと清兵衛ということであろうか」

そこへ都合よく清兵衛が息を切らしながらやって来て、

「はあ、遅くなりました」

と、荒い息をしながら腰を下ろした。

「清兵衛、仕事をもらった」

「どんな仕事です？」

清兵衛は丸顔のなかにある大きな目をみはる。

「流れ星を殺した犯人捜しだ」

「はあ」

清兵衛は団栗眼《どんぐりまなこ》をしばたたいた。

「死んだ流れ星の厩《うまや》に先に行ったのは、おれとおまえだった。だからおれたちにその仕事がまわってきたということだ。赤団子の出っ歯がおれたちにそう言いつけたそうだ」

主馬だった。

清兵衛はちらりと軍之助を見やった。どうやら主馬がひそかにつけた渾名《あだな》のことを知っているようだ。

「犯人捜しとおっしゃいますが、流れ星は殺されたのですか？　ぽっくりではなかったのですか？」

「まあ、殺されたのかどうかわからぬが、殿は流れ星の死因を疑われているそうだ。

だから、それを調べなければならぬ」

「さりながら、どうやって流れ星の死因を調べればよいのです」

清兵衛は団栗眼を要之助と主馬に向ける。

「それをこれから考えなければならぬのだ。まずは……」

要之助はそう言って腕を組んだ。

「まずはなんでしょう？」

清兵衛が身を乗り出してくる。

「うむ。流れ星の検視をした馬医者に、その次第を聞かねばならぬ。馬方に医者の住まいを聞きに行ってまいる」

要之助は席を立ち、そのまま厩に向かった。

馬方の二人は二頭の馬に飼い葉を与えているところだった。流れ星の死体には筵《むしろ》がかけられていてそのままになっている。

「馬医者は馬場《ばば》村の朝倉幸吾《あさくらこうご》様です。昔から世話になっている方です」

答えたのは甚太郎だった。

「馬場村の朝倉幸吾殿だな」

「はい」

「その朝倉殿は殿になんと言上された？」

甚太郎は朋輩《ほうばい》の栄蔵を見てから首をかしげ、

「身共らは少し離れたところにいましたので、詳しい話は聞いておりませぬ」

要之助はふうと、白い息を吐いて、自分で馬医者に会うしかないと考え、そのまま厩を離れた。

明日は非番である。馬医者には明日にでも会おうと思い詰所に戻った。

夕番が下城すると詰所は急に閑散となる。詰めているのは朝番から泊番になった者たちだけだ。

泊番、言うまでもなく宿直である。詰所には加山組の目付と徒《かち》目付、そして清兵衛ら下目付がいる。その数は十三人ほどだ。その他に、火鉢や茶の支度などの雑用をする中間が二人いる。

ただし目付の詰所は別なので、徒目付以下の詰所には十人だ。その十人で寝ずの番をして城内を見廻《みまわ》る。

要之助は日が暮れる前に弁当を食べ終え、最初の見廻りに出た。従うのは主馬と下役の清兵衛だ。見廻りと言っても、決まった順路をひとめぐりするだけだ。

表はすでに暗くなっていた。空は曇っているので星が見えない。それに風が強くなっていた。黒く象《かたど》られて見える欅《けやき》や楠《くすのき》が風に揺れていた。

「ううっ、寒いな」

主馬が肩をすぼめて体をふるわせた。

二

要之助たちは本丸御殿と天守の表をひとめぐりし、武道場のある椿櫓《つばきやぐら》のそばを抜け、内門を通り二の丸に向かった。そこからなだらかな下り坂だ。石段が互い違いになっているので歩きにくい。足許《あしもと》を提灯《ちょうちん》で照らしながら用心して足を進める。

「雪が降ってきました」

清兵衛がつぶやいた。たしかに提灯のあかりにちらつく雪が見えた。空は真っ暗で風もあり、寒さが厳しい。寒いせいか三人とも口数が少ない。

二の丸の手前まで来るときびすを返し、奉行所のまわりを見廻った。異常はない。厩から流れてくる独特の臭いが鼻をついた。要之助は濃い闇に覆われている馬場に目を向けて立ち止まった。

馬場は柵囲《さくがこ》いがしてあり、白砂のまかれた地面がぼんやりと暗闇のなかに浮かんでいる。

何度かあの馬場を走る流れ星を見たことがある。艶々《つやつや》とした体毛が日の光に眩《まぶ》しく、黒い鬣《たてがみ》をなびかせて走っていた。遠くからではあったが、藩主の氏鉄が片肌脱ぎになって、流れ星をならしているのも見たことがある。立派な馬だった。

「どうした？」

先に歩いていた主馬が振り返って声をかけてきた。要之助はなんでもないと言って、主馬と清兵衛に追いついた。

「もし、流れ星が殺されたのなら、それはいったいどういうことだろう。流れ星に恨みがあったのか？　それとも殿に恨みを抱く者の仕業だったのか？」

「殿に恨みを……」

主馬が驚き顔を向けてきた。

「殺されたのなら、なんらかのわけがあるはずだ。まさか、気紛《きまぐ》れに殺したなんてことはないだろう」

「それはそうだが……殿に恨みがあるとしても、馬を殺すことはないだろう」

「殿は流れ星をいたく可愛がっておいでで、気に入ってらっしゃったはずです。さようにわたしは聞いています。殿に恨みを持つ者の仕業というのは考えられるのでは……」

清兵衛が言葉を添えた。

「では、誰が殿に恨みを持っていたのだ。流れ星を殺したので、そやつは恨みを晴らせたというのか？」

「それはわかりません」

清兵衛はうつむいて歩く。

「流れ星に恨みを持つ者はいないだろうか……」

要之助はぼんやりと疑問をつぶやく。

「流れ星はいつまで生きていたんでしょう？」

清兵衛が新たな疑問を呈した。

要之助ははっとなった。

「そうだな。流れ星がいつ死んだのかそれがわかっておらぬな」

「昨日の泊番は気づいておらぬかな」

主馬が顔を向けてきた。

「たまにはいいことを言う。明日にでもそのことを聞いてみよう。流れ星が朝方死んだのか、それとも子《ね》の刻（午前零時）前に死んだのか、それは大事なことだ」

「馬医者ではわからないのでしょうか？」

清兵衛が言う。

「明日馬医者に会ったら、そのことも聞くことにしよう」

「要之助、馬医者に会うのか？」

主馬が聞いてきた。提灯のあかりに剽軽《ひょうきん》な顔が浮かびあがっていた。

「崎村さんに言い付けられたのだ。蔑《ないがし》ろにはできぬだろう」

「おぬしは見かけによらず真面目だな。明日は非番で休みだというのに」

主馬はひょいと首をすくめ、寒くてかなわぬとぼやいた。

「見かけによらずか……」

要之助はそう言って足を速めた。いったい自分は、まわりからどのように見られているのだろうかと気になった。たしかに見かけによらず、かもしれぬと思いもする。生真面目に役目をこなすのは、長男としての自覚があるからだろうが、夏目家に疵《きず》をつけたくないという思いもある。

詰所に戻ると、手焙《てあぶ》りにあたり冷えた体を温めた。

「馬方は三人いますね。もうひとり休んでいた馬方は勤めに出てきたのでしょうか？」

清兵衛が茶を差し出しながら言った。湯呑《ゆの》みを受け取った要之助は、夕刻厩《うまや》に行ったときのことを思いだした。あのときは朝方いた馬方二人だけだった。

「そうだな。もうひとりの馬方の顔は見ておらぬな」

「その馬方が流れ星を……」

清兵衛は途中で口をつぐんだが、要之助にはその先のことがわかった。

「まさか、馬の世話をする馬方が、よりによって殿のお気に入りの流れ星を手にかけるなど考えられることではない」

要之助は否定しながらも、調べるべきだと思った。

「今日仕事を休んでいた馬方は内藤伊三郎と言ったな」

「そう聞きました」

清兵衛はそう答えて、ずるっと茶を飲んだ。

三

二回目の城内見廻りを終えた要之助は、夜食のにぎり飯を食べて横になった。

部屋の隅からゴオ、ゴゴ、ゴオッという音が聞こえてくる。搔《か》い巻《ま》きにくるまって仮眠を取っている崎村軍之助の鼾《いびき》だ。新入りの徒目付《かち》と下目付は、まずその鼾に慣れなければならない。それにしても盛大な鼾は仮眠の妨げになる。

要之助は横になって掻い巻きを被《かぶ》ったが、すぐには寝られそうになかった。軍之助の鼾のせいもあるが、流れ星のことをあれこれ考えると睡魔がやってこない。

暗い天井を見つめながら、その日のことを反芻《はんすう》した。厩のなかで死んでいた流れ星。慌てふためいて厩にやってきた上役の大野善右衛門。

そして、流れ星の世話をしていた二人の馬方。その馬方から聞いた話を順を追って思い出した。

馬方は増田栄蔵と清水甚太郎だ。二人ともなぜ流れ星が死んだのかわからないと言った。そして、昨日まで――一昨日というのが正確だが――流れ星は元気だったと話した。

「なあ、主馬」

要之助は隣に寝ている主馬に声をかけた。

「なんだよぉ。ふぁあー」

欠伸《あくび》をしながら主馬が返事をした。

「馬方だが、清水甚太郎は増田栄蔵より早く下城したと言ったな」

「……ああ」

主馬は気のない返事をする。

「すると、増田栄蔵は下城するまでひとりでいたことになる」

「ああ、だからなんだ？」

「まさか、増田栄蔵が流れ星を殺《あや》めたのではないだろうな」

「………」

「流れ星を殺せるのはあの馬方しかいない。そうだろう。もうひとりの馬方、内藤伊三郎は休んでいたのだ」

「犯人は増田栄蔵と言いたいのか」

「やつにならできる所業だ。厩はご城内にあっても、人目につきにくい場所にある。ひとりになった増田栄蔵は、まわりの目をよくよくたしかめてから、流れ星に毒を飲ませた。そして、なに食わぬ顔で家に帰った」

「もうよせ。明日にでも考えればよいだろう」

主馬は寝返りを打って背中を見せた。

「死んでいる流れ星を見つけたのも増田栄蔵だったのだ」

要之助は増田栄蔵の色黒の顔を思い出した。鼻の脇に小豆大の黒子《ほくろ》があり、頤《おとがい》の張った顔をしている。

「そうだとしても、なにゆえ増田栄蔵は流れ星を殺したんでしょう？」

すぐそばで横になった清兵衛だった。

「さあ、それはわからぬ」

「もうひとりの内藤伊三郎という馬方はどうなります？」

「内藤伊三郎は休みだった。流れ星に手をかけるとしたら、城門が閉まった後で厩に行かなければならない。もし、そういうことだったら門番が知っているはずだ」

「念のため、明日にでも聞きますか」

「うむ」

要之助は暗い天井を凝視したまま考えたが、次第に眠気がやって来た。

詰所は静かだ。廊下に足音はなく、表からも物音は聞こえてこない。ただ、部屋の隅で寝ている軍之助の鼾が聞こえるだけだ。

ゴオ、ゴゴッ、ゴオ、ゴオ……。その鼾が次第に子守歌のように聞こえ、要之助は目をつむった。

翌朝の冷え込みは厳しかった。表はうっすらと雪に覆われていた。城内の木々の葉も雪を載せていたが、積雪はさほどのことではなかった。

「要之助、どうだ。流れ星がなぜ死んだか、調べられるか？」

軍之助が茶をすすりながら聞いてくる。

「崎村さんが調べろとおっしゃったのですよ」

要之助は恨めしそうな顔を軍之助に向ける。

「殿の下知だ」

「ならば崎村さんも調べるべきではありませんか」

軍之助は短い間を置いた。

「わしはわしなりの調べをする。それだけのことだ」

「……では、お調べになったことを教えていただけますか」

「むろんだ。おぬしもわかったことがあれば、委細漏らさず教えるのだ」

軍之助はにたっと、気色悪く笑んだ。

朝番がやってくると、要之助たちは申し送りをして当番を替わり詰所を出た。

「さて、今日はどうする？　明日まで休みだ」

主馬がのんびり顔で言う。

「流れ星の死因を調べなければならぬ」

要之助は渋面をして答えた。

「それは明日でもいいのではないか。宿直明けは体がくたびれている」

「そうはいかぬ」

「おぬしは堅いことを……」

「ひと眠りしたら夏目さん宅を訪ねることにします」

清兵衛が横から口を挟んだ。要之助は顔を向けて、そうしてくれと言って足を進める。歩くたびにシャリシャリと霜柱を踏む音がした。雪はやんでいるが薄曇りだ。

坂下門を出るとすぐ大宮道で、要之助の屋敷は吾妻橋の手前、東山町の武家地にある。主馬の家も近くだ。下目付の清兵衛の屋敷は吾妻橋の手前を左に折れ、風見川沿いの道を北へ行ったところにあった。

要之助は雲の割れ目から漏れ差す細い日の光を見て、

（今日中に流れ星の死因を突き止めよう）

と、心に誓った。

四

「ただいま」

家の玄関に入ると、台所から母の千代が出てきた。ねぎらいの言葉をかけ、朝餉《あさげ》の支度ができていると告げる。

台所脇の茶の間へ行くと、座っていた鈴が、

「兄上、お役目ご苦労様でした。昨夜は雪が降りましたが、寒くはなかったですか?」

と、気遣ってくれた。鈴はいつも思いやりのあることを言ってくれる。

「寒いのなんかは屁《へ》の河童《かっぱ》だ」

「まあ、お食事の前に下品なことを。少しお慎みください」

女中のおくらが茶を差し出しながら苦言を呈した。

「なにが下品だ。鼬《いたち》の最後っ屁《ぺ》より屁の河童のほうが上品だろう。なあ、鈴」

要之助はそう言って鈴に笑いかける。

「おぼっちゃま……」

おくらは首を振って顔をしかめる。要之助は可愛げのない大年増だと、そのままやり過ごそうと思ったが、口が勝手に動いた。

「やい、おくら。いつまでもお坊《ぼっ》ちゃま、お坊ちゃまはやめてくれ。おれはいつまでも子供じゃないんだ」

「申しわけありません。気をつけます」

おくらは情けない顔をして台所仕事に戻った。

「兄上、もう少しやさしくしてくださいな。おくらさんは兄上のことを思って言っ

てくださっているのよ」

「ああ、わかっているよ。ちょいと口が滑っちまったんだ」

鈴には弱い要之助である。

「それで岩井屋さんのことはどうなったの？」

「うまく片づけた。どうやら役所の同心の早とちりだったようだ」

「そう、それはよかったわ」

鈴が答えたとき、膳部《ぜんぶ》が整えられた。味噌汁《みそしる》と香の物、そして納豆。朝はいつもこんなものである。おくらが飯をよそってくれた茶碗《ちゃわん》を受け取り、要之助は食事にかかった。

奥座敷からやってきた千代が隣に腰を下ろして、なにかと話しかけてくる。

どこどこの倅《せがれ》が剣術を習いはじめたとか、隣の猫が庭に入ってきて粗相をして行ったとか、今年の餅《もち》つきはいつにしようかといった他愛ないことだ。要之助は適当に返事をしながら箸《はし》を動かす。

「要之助、ちゃんと聞いているのですか。気のない返事ばかりして、まさかお勤め中もそんな按配《あんばい》ではないでしょうね。おまえ様の父上は精励恪勤《かっきん》の末に出世されたのです。おまえ様も父上を見習って出世しなければなりませぬ。せめて奉行職には就かなければ、夏目家の名折れです」

また耳の痛いことを言いはじめたと、要之助は耳を塞《ふさ》ぎたくなる。父が元気な頃はこうではなかった。奥ゆかしく夫を支える糟糠《そうこう》の妻だった。ところが、父蔵之助《くらのすけ》が病に倒れ、看病をするうちに気が強くなった。それだけ必死だったのだろうが、父の死後はさらに口うるさくなった。

「わかっている、わかっていますよ。そうがみがみ言わないでください」

要之助が箸を置いて「ご馳走様《ちそうさま》」と手を合わせると、

「そうそう。縁談があるのよ」

と、千代が急に思い出したというように目をみはった。

「縁談……」

「お相手は勘定方にいらっしゃる篠田《しのだ》主税《ちから》様のお嬢様よ。器量よしらしいわ」

「どこからの話です？」

「伊沢《いざわ》様よ。あなたのことをなにかと気になさってくださり、ありがたいお人だわ」

「伊沢様ですか……」

要之助は茶を飲む。伊沢徳兵衛《とくべえ》は、死んだ父の同輩で三百石取りの郡奉行だ。なにかと目にかけてくれるのは嬉《うれ》しいが、要之助はありがた迷惑だと思ってもいる。

それでも親切や厚意は無にできない。

「どうかしら、一度お目にかかったら」

「いまは役目が忙しいので落ち着いたところで考えます」

要之助は無難に応じて茶の間を出ると、一刻《いっとき》ほど仮眠を取り、それから楽な着流しに羽織を引っかけて家を出た。

清兵衛に出くわしたのは、家を出てすぐのところだった。

「いま伺うところだったのです」

清兵衛も着替えをしていた。

「わざわざすまぬ」

「西島さんはいかがします。なんでしたら呼んでまいりますが……」

「主馬はやる気がなさそうだ。放っておけ。その気になったら出てくるだろう」

要之助はそのまま歩を進めた。道は昨夜の雪と霜解けでわずかに泥濘《ぬかる》んでいた。

「まずはどこへまいります？」

清兵衛が聞いてくる。

「朝倉幸吾という馬医者に話を聞く」

「死因がわかればよいですが……」

要之助はそうであることを望む。面倒な仕事はさっさとすませてしまいたい。

「昨夜寝しなに、なにかおっしゃいましたね。昨日休んでいた内藤伊三郎という馬方が流れ星を殺したとするなら、家来衆が下城した後でなければならないようなことを……」

「あくまでも仮の話だが、内藤伊三郎が犯人なら、少なくとも増田栄蔵と清水甚太郎が仕事を終えたあとでなければならぬ。されど、甚太郎は先に帰っているので栄蔵が厩《うまや》を離れたあとということになる」

「すると、伊三郎という馬方は栄蔵が帰ったあとで登城して厩に行ったか、栄蔵が帰る前に登城して様子を見て厩に忍び込んだ」

「それはどうであろうか……」

二人は吾妻橋をわたり風見川沿いの道を歩いた。町奉行所のある本町《ほんまち》、鍛治町《かじまち》と過ぎる。辿《たど》るのは土手道で、吹きっ晒《さら》しの風が冷たく、川岸の柳が大きく揺れていた。馬医者朝倉幸吾の家は馬場村の外れにあった。

木戸門から庭に入ると、一方の小屋からカチンカチンという音が聞こえてきた。見るとひとりの男が蹄鉄《ていてつ》をたたいているところだった。

「尋ねるが、こちらは馬医者の朝倉殿のお宅であろうか？」

要之助が声をかけると、男は作業の手を止めて顔を向けてきた。齢《よわい》五十は超えていそうな四角い顔だった。

「朝倉は拙者であるが……」

馬医者の朝倉幸吾だった。

「それがしは大目付加山助左衛門の家来、徒目付《かち》の夏目要之助と申す。これは下目付の青木清兵衛でござる。ついては流れ星のことで少々尋ねたい儀がある」

「いかようなことでござろう」

朝倉は座ったまま応じた。

「流れ星の死因だ。朝倉殿はぽっくりだとおっしゃったようだが、果たしてそうであろうか。殿はぽっくりだとは信じておられない」

朝倉は白毛交じりの顎《あご》の無精ひげをさすり、

「それはまた異なことを。あれは、ぽっくり以外には考えられぬ」

そう言ってから、母屋の縁側にいざなった。要之助はその後ろ姿を眺めて、この医者はちゃんと死体の検分をしていないと感じた。

五

「怪我をしている様子もなかったし、また病にかかっているとも思われなかった。診立てに間違いはないはずだが……殿がお疑いだとは……」

朝倉は心外だという顔つきだ。

「わたしは流れ星の死体を見ましたが、そのとき口のあたりに白い泡と申すか、涎《よだれ》のようなものを垂らしていた。それが溜《た》まりになっていた。朝倉殿は気づかれませんでしたか？」

「まことに……」

朝倉は目をみはった。

「もしや毒かなにか飲んで死んだということは考えられませぬか」

「さあ、それはどうかな。いまとなっては調べようがない」

朝倉はそう言って、視線を彷徨《さまよ》わせてから要之助に顔を戻した。

「その涎のようなものはまだあるだろうか。あれば、調べてみたい。なくても、その涎のようなものを吸った土を調べればなにかわかるかもしれぬ」

要之助は清兵衛と顔を見合わせた。厩へ行けば涎を吸った土が採れるかもしれない。

「もしその土を持ってくれば調べてくれますか？」

朝倉はうなずいた。

「もし毒薬だったとすれば、どんな毒がありますす？」

「いろいろあると思うが、まあ拙者が知っているのは、斑猫《はんみょう》に附子《ぶし》（トリカブト）、石見銀山《いわみぎんざん》ぐらいか……。拙者はそんなものは持っておらぬがな」

毒のことは朝倉に調べてもらうしかないようだ。

「もうひとつ伺いますが、流れ星は死んでからいかほどたっていたかわかりますか？」

「おそらく二刻《ふたとき》（約四時間）か三刻《みとき》……。もう体が硬くなっておったから、おそらくそうだ」

すると、流れ星が死んだのは真夜中と考えてよいだろう。

要之助は清兵衛に、なにか聞くことはないかと聞いたが、ないと言うので、そのまま朝倉の家を辞した。

「やはり毒ですかね」

道を引き返しながら清兵衛がつぶやく。

「いまのところはそう考えるしかあるまい」

要之助はそう言ってから、少し頭を冷やそうと城下町へ足を進めた。

城下は西の武家地から東の中野《なかの》村あたりまで十三町二十間（約千四百五十三メートル）ほどある。旅籠《はたご》に飯屋に茶屋、髪結床・生薬屋・紺屋・瀬戸物屋・米屋・酒屋・樽屋《たるや》・菓子屋・塩問屋・質屋・薪問屋・鼈甲《べっこう》問屋・材木屋などと大小の店が軒を列《つら》ねている。また、町の背後には数軒の酒造家があり、大坂《おおさか》や江戸方面に津出ししている。

要之助と清兵衛は中町《なかまち》にある茶屋の床几《しょうぎ》に腰を下ろしてひと休みした。その店を選んだのは、通りを挟んだ斜め向かいに菓子屋があるからだった。源吉を拐《かどわ》かしだと訴えた店だ。

訴えたのは母親のようだが、被害に遭いそうになったお鶴という娘の顔を、一度見ておきたいという思いが要之助にはあった。

「馬医者の朝倉殿に、厩の土を調べてもらうと言いましたが、まだ残っているでしょうか」

清兵衛はずぼらな主馬と違い、真面目に役目のことを口にする。下目付は出世できたとしてもせいぜい徒目付だ。わずかな家禄《かろく》に役料十五俵一人扶持《ぶち》なので暮らしは楽ではない。なかには内職をしている者もいる。

それでも清兵衛は愚痴も言わずに勤めにいそしみ、性根が明るく人の好《い》い男だ。そんな清兵衛を要之助は可愛がるので、清兵衛も懐いてくる。

要之助は向かい側の菓子屋を眺めた。客の出入りはなく、「あめ　菓子」と染め抜かれた暖簾《のれん》が揺れている。看板に「小川屋」という屋号が書かれていた。

目の前を旅人や行商人、非番の侍、職人らが行き交っている。馬を引いて歩く百姓もいれば、問屋場から継ぎ立てをする馬引きもいた。

「清兵衛、すまぬが城の厩へ行って、流れ星が垂らしていた涎のあたりの土を持ってきてくれぬか」

「承知しました。採った土は夏目さんのお宅にお持ちすればよいですか」

「頼む。おれはちょいとやることがある」

清兵衛は「では」と言って、そのまま茶屋を出て行った。要之助は見送ってから、斜向《はすむ》かいの小川屋という菓子屋に足を運んだ。

暖簾をあげて店に入ると、

「いらっしゃいませ」

と、店の奥を向いていた女が振り返った。表の光がその顔をあらわにした。瓜実《うりざね》顔《がお》の色白で、涼しげな目許《めもと》にやわらかな笑みを浮かべていた。紅を塗ったばかりらしく、小さめの唇がつやつやと光っていた。

「あ、ひょっとして……」

あまりにも美人だったので、要之助は上気した。

「なんでございましょう」

声もいい。それに縞木綿《しまもめん》の着物姿だが、楚々《そそ》として品がある。

「もしや、そなたがお鶴殿であろうか？」

「いいえ、お鶴はわたしの妹でございます。わたしは菊《きく》と申します。お鶴にご用でしょうか？」

「あ、いや。よい。その飴《あめ》をひとつもらおうか」

六

「どれにいたしましょう？」

お菊は愛くるしい微笑みをたたえ、小首をかしげて見てくる。要之助は正視に耐えかね、棚を見た。飴の他に金平糖にきんつば、煎餅《せんべい》、あられなどが並んでいる。

「飴はやめて、あられをもらおうか」

お菊がいかほどだと聞くので、適当に三人前だと答えると、杓子《しゃくし》で掬《すく》って紙袋に入れてくれる。しなやかな指は白魚のようだ。肌理《きめ》の細かい首筋の白さが際立っていた。

「いろいろあるのだな」

「はい、あれこれと工夫して品を揃えるようにしています」

お菊はあられの入った紙袋をわたしてくれた。要之助が代金を払うと、

「お鶴になにかご用があったのではございませんか？」

と、お菊がまっすぐ見てくる。その視線が眩《まぶ》しい。

「いや、用というほどのことではない」

「今日はおっかさんと二人で仕入れに行っているのです。ここにあるのはみんな近くの村から仕入れてくるのです。飴だけはうちで作りますけれど……」

「さようであったか」

「今日はわたしが店番なんです」

お菊はひょいと小首を竦《すく》める。可愛い。

「それはご苦労だな」

「ありがとうございます」

礼を言われて表に出ると、お菊がまたお越しくださいと声をかけてきた。要之助は振り返ってうなずいたが、鼻の下が長くなっているのではないかと危惧《きぐ》した。

そのまま宿往還を歩きながら家路についたが、会ったばかりのお菊の顔が脳裏にちらつく。

家に戻ると、母の千代にあられをわたした。千代は大層喜び、どこで買ってきたのだと聞いた。

「春日町の小川屋です。源公のことがあるので、様子を見に行ったのですが、お鶴という子はいませんで……」

「様子見だなんて、源ちゃんの仕業ではないのに疑いをかけられたのですよ」

「どうしてそのことを……？」

「鈴にも聞いたし、岩井屋さんがお礼に見えたのよ。とんだ人騒がせだったたって恐縮の体でした。あなたにも礼を言っておいてくれとおっしゃったわ」

「そうでしたか」

「それにしてもわざわざ様子見など、いらぬことではありませぬか。まだ詫《わ》びにも来ていないそうですよ」

千代は厳しいことを言う。

「まあ、相手は若い娘です。その辺のことがわかっていないのでしょう」

「それは親の躾《しつけ》が悪いのです」

こういうやり取りは苦手だ。要之助は「まあ、そうでしょうが」と、軽くいなして座敷に移った。

火鉢にあたり煙草を喫《の》んだ。流れ星のこともあるが、小川屋の娘お菊の顔が瞼《まぶた》の裏に浮かぶ。

（お菊……）

目を閉じると、同じ屋根の下でお菊と仲良く暮らす自分のことを夢想する。仕事に出るときには、玄関まで送りに出てきて、切り火を切ってくれる。

「行ってらっしゃいませ、お気をつけて」

そう言うお菊に、自分は威厳を持ってうなずき、行ってまいると答える。

仕事を終えて帰ってくると、奥の台所からお菊が濯《すす》ぎを持ってやって来、

「今日もご苦労様でございました。お疲れでございましょう」

と、そんなことを言いながら足を洗ってくれる。

夕食の前に自分は晩酌をする。お菊がこまめに動き、肴《さかな》を出してくれる。肴は目刺しでも沢庵《たくあん》でもなんでもよい。だから要之助は言ってやる。

「お菊、これへ。いっしょにやろうではないか」

誘いかけると、お菊は遠慮しながらも「それでは」と、そばに来て酌をしてくれる。

(おお、なんと仲睦《なかむつ》まじい夫婦ではないか)


「あちちちっ……」

勝手なことを夢想していると、掌《てのひら》に転がした煙草の灰で我に返った。煙管《キセル》を火鉢の縁に打ちつけて自分の部屋に入った。

文机《ふづくえ》がありそこには絵筆と墨と硯《すずり》が置かれている。また、文机のそばには絵具と絵皿、画仙紙などもあった。

要之助は下手の横好きで絵を描くのが趣味だ。これは絵を嗜《たしな》んでいた亡き父の影響だった。その道具がそっくり残っているので、暇つぶしに描いている。

上手《うま》くはないが、勝手にそこそこの腕だと思い込んでいる。清兵衛を待っている間になにか描こうと思い筆を執った。真っ先に浮かぶのはお菊の顔だ。

忘れないうちにと思い、筆を走らせるがうまくいかない。顔はもう少し細かった。これでは涼しい目ではないなどと、何度も反故《ほご》にする。

(待てよ、お菊はおれのような男をどう思うだろうか……)

要之助は部屋を出ると、千代の部屋に行き手鏡で自分の顔をよくよく眺めた。まあ、色男ではない。鼻は低くも高くもないから並であろう。顔の形も並だ。目も大きくもなく小さくもない。口もそうだ。

（なんだ、すべてが並ではないか……）

内心でつぶやき落胆するが、いやいや男は顔ではない、心映えが大事だと言い聞かせる。

（そうだ、男は見た目ではない）

要之助は顔を引き締めて自分の部屋に戻り、お菊の顔を思い出しながら描くが、なかなかうまくいかない。障子にあたる日の光が、翳《かげ》ったり明るくなったりしていた。

「要之助、青木さんがお見えですよ」

玄関のほうから千代の声が聞こえてきた。

七

「どうだ、採れたか？」

玄関に行くと、額にうっすらと汗を浮かべた清兵衛が、

「どうにか採ってきましたが、果たしてどうでしょうか？」

と、古びた欠け丼《どんぶり》を差し出した。黒い土が山盛りになっている。要之助はまじまじと眺めた。

「流れ星が倒れていた口のあたりの土だな」

「そうです。馬方の栄蔵と甚太郎にもたしかめてもらったので間違いないはずです」

「よし、ではもう一度朝倉殿の家へ行こう」

「その前にお伝えしなければならないことがあります」

「なんだ？」

「昨日仕事を休んでいた内藤伊三郎という馬方は、今日も勤めに出ていません。届けも出していないそうなのです」

「無断で休むのは禁じられている。あの二人は伊三郎の家に行って、休んだ理由をたしかめておらぬか」

「今日は出てくると思っていたので、伊三郎の家には行っていないそうで……」

清兵衛は団栗眼《どんぐりまなこ》をしばたたいた。

「伊三郎の家がどこにあるか聞いておらぬか？」

「聞いてまいりました」

清兵衛はそう言って、城の西にある侍屋敷を口にした。下士の住む武家地だ。馬方は二十俵一人扶持《ぶち》の低禄《ていろく》の端役だが、藩主の馬を預かっているので小さいながら屋敷を与えられている。

「朝倉殿に会ったら、伊三郎の家に行ってみよう」

「承知しました」

二人は家を出ると馬医者の朝倉幸吾の家を再び訪ねた。

朝倉は庭にある小屋で鋏《はさみ》を研いでいるところだった。

「それは……？」

要之助は朝倉が研いでいた鋏を見て聞いた。

「これは鬣《たてがみ》を切る鋏だ。尾も切ることもあるが切れ味が悪いと、馬も人と同じで痛がるのでな。それで、涎《よだれ》のついた士は……」

「これです」

清兵衛が抱え持っていた欠け丼を朝倉にわたした。朝倉はこれではなにもわからないかもしれないとつぶやいた。

「調べるだけ調べてもらえせぬか」

「まあ、やってみよう」

朝倉はそう言って汚れた手を股引《ももひき》にこすりつけた。

「朝倉殿は馬医者だが、いったいどんなことをされるのです」

要之助はしわ深い朝倉の顔を眺めた。

「馬の調子を見て血抜きをする。あとは鬣を切ったり蹄《ひづめ》を切ったりするぐらいだ」

「血抜き……」

要之助は眉根《まゆね》を寄せて聞いた。

「馬にはときどき悪い血が流れる。そうなると毛並みが悪くなったり、つまずいたりする。怪我をしてそこが膿《う》むこともある。そんなとき血を抜いてやるのだ」

「どうやってやるんです？」

朝倉は足許《あしもと》にある箱から一本の刃物を取って見せた。長さ三寸（約九センチ）ほどの笄《こうがい》のような刃物だ。

「馬針《ばしん》と呼んどるが、これを使って血を抜く。焼きごてで尾の付け根を焼いてから刺し、血を抜くことが多いが、膿んでいるところに刺して血を抜くこともある」

要之助は想像して顔をしかめた。

「それを使えば傷がつきますね」

「痕《あと》は残る。流れ星にはそんな傷はなかった」

「他にはどんな治療を？」

「他にはない。飼い葉を減らしたり増やしたりするぐらいのもんだ」

「薬を飲ませるとか……」

「馬に効く薬があると聞いたことはない」

つまり馬医者の治療は血抜きが主のようだ。

「とにかく調べてくれませぬか」

要之助はそう言って朝倉の家を出た。

空は相変わらず曇っていたが、ときどき雲の切れ目から筒状の日が差すこともあった。風見川はそんな空を映していた。

土手道を歩く要之助と清兵衛の顔を、冷たい風がねぶっていく。

「わたしは一度馬の血抜きを見たことがあります」

清兵衛が歩きながら言った。

「やはり馬は痛がって鳴いておりました」

「そりゃ痛いだろうな。あんなものを刺されたらおれだって痛がる」

土手道を歩いて吾妻橋に差しかかったときだった。橋の袂《たもと》に立っている男が、「おーい」と声をかけてきた。ずぼら男の西島主馬だった。

「こんなところでなにをしておる？」

「おぬしらを待っていたのだ。おぬしの家に行ったら、馬医者の家に行ったと教えられたので、待っていたんだ。それでなにかわかったか？」

「やる気になったか」

「まあ、赤団子の出っ歯に言われたからな。なにもしないわけにはいかぬだろう」

主馬はそう言ってから、それでなにをすればよいと聞いてきた。

「内藤伊三郎という馬方に会いに行く」

「休んでいたやつか」

「今日も勤めには出ていないようなのだ。届けも出しておらぬらしい」

「そりゃずいぶん怠け者だな。家にいたら灸《きゅう》を据えてやるか。それで、伊三郎の家はわかっているのだな」

「聞いている」

そのまま要之助は歩き出した。往還に出ると、町とは逆の西へ向かう。途中で城の入り口である坂下門を横目に見て、四町ほど行ったところに武家地がある。下士ばかりが住む居住地だ。どの家も三十坪ほどであろうか。

出会った者に内藤伊三郎の家を尋ねるとすぐにわかった。武家地の北側、往還から半町ほど入ったところの家がそうだった。雨戸も玄関も閉め切られていた。

「おれが訪ねよう」

主馬がそう言って玄関に行き、訪《おと》ないの声を張りあげた。

「頼もう、頼もう。ここは内藤伊三郎の家であるな。徒目付《かち》の西島主馬である。用があってまいった。いるなら開けてくれ」

返事はなかった。主馬は背後に控えている要之助と清兵衛を振り返ってから、戸に手をかけた。するすると戸は開いた。

「なんだ不用心だな。おい、内藤。伊三郎、いるのか。いたら返事をしてくれ」

主馬は声をかけながら敷居をまたいで土間に入った。

「おい、内藤」

主馬はそう言ったあとで、ひゃあーと情けない声を張りあげて、玄関から飛び出してきた。両手で空を掻き、あわあわと言葉にならない声を漏らす。

「どうした？」

「し、死んでる。し、死体がそこに……」

主馬はそう言いながら、隠れるように要之助の背後にまわった。

第三章　殺人が引き合わせる恋の花

一

玄関から入ってすぐ左の座敷に男は倒れていた。頭のそばの畳はべっとりと血を吸い黒くなっている。首をかっ斬られたのは一目瞭然《いちもくりょうぜん》だった。

要之助は呆然《ぼうぜん》とその死体を眺め、ごくりと生つばを呑《の》んだ。

「こ、こやつが内藤伊三郎か……」

要之助はつぶやいて、主馬と清兵衛を振り返った。二人とも死体を目のあたりにして怖気《おぞけ》だった顔をしていた。

「清兵衛、近所に行って伊三郎を知っている者を連れてこい。人相をあらためる」

「は、はい」

清兵衛が玄関を飛び出していくと、要之助は家のなかをゆっくり眺めた。建坪三十坪ほどの小さな家だが、死体のある座敷の奥にも二部屋あり、台所の隣に四畳半ほどの茶の間があった。

奥の座敷の衣紋《えもんか》掛けに半纏《はんてん》と羽織が掛けられているが、家のなかは質素で調度の類《たぐ》いも少ない。閉め切られた雨戸の隙間から、表の光が筋を作って漏れ差していた。

「後ろから喉《のど》を斬られ、引き倒されたようだな」

どうにか落ち着きを取り戻した主馬がつぶやいた。

「そのようだ」

死体は仰向けに倒れ、顔は天井を向いていた。家の様子をよく見るために、要之助は雨戸を二枚開けた。暗かった家のなかが急に明るくなった。表から鵯《ひよどり》や目白の声が聞こえてくる。

「要之助、下手人は裏の勝手から逃げたのかもしれぬ」

主馬が台所の先にある勝手口を示した。戸締まりをしていないと付け足す。玄関の土間には藁草履《わらぞうり》が二足置かれていた。

「夏目さん」

清兵衛がひとりの男を連れて戻ってきた。二軒先の家に住む御徒《おかち》で宮坂権太郎《みやさかごんたろう》と名乗り、こわごわとした目を要之助に向け、いったいなにがあったのですと聞く。

「徒目付の夏目要之助だ。ここは内藤伊三郎の家であるな」

「さようです」

「その座敷で死んでいる男が、内藤伊三郎であるかたしかめてくれ」

「えっ」

宮坂権太郎は驚きの声を漏らし、敷居をまたいで土間に入り、すぐ先の座敷にある死体を見て、ひッと息を呑んだ。

「どうだ、内藤伊三郎か？」

「……は、はい。伊三郎さんです」

宮坂はそう答えた後で、どうしてこんなことにと、疑問をつぶやいた。

「それはおれが知りたいことだ。昨日、伊三郎を見なかったか？」

要之助は落ち着け落ち着けと自分に言い聞かせながら問うた。宮坂は昨日もその前の日も見なかったと答えた。ずっと雨戸も玄関も閉められたままだと言う。

「伊三郎は妻帯していなかったのか？　家のなかに女物がないが……」

「もう二年、いや一年半ほど前から独り暮らしです。おかるさんというお内儀がいたんですが、離縁して出て行ったんです。それからずっと独り身です」

「伊三郎は馬方だった。それは知っておるな」

「もちろん知っておりますが、なにゆえ、こんなことに……」

宮坂は顔に恐怖を張りつかせたまま、要之助の聞くことに答えていったが、下手人につながる証言は得られなかった。殺しに使われた得物も見あたらなかった。おそらく下手人が持ち去ったのだろう。

要之助は聞くだけのことを聞くと、宮坂を帰し、ようやく死体の検視にかかった。

殺しの現場には何度か立ち合っているので、見よう見真似で要領はわかっていた。

殺されて半日以上はたっていると思われた。死体のそばには湯吞《ゆの》みが一個転がっていて、酒の匂いがかすかに残っていた。

「酒を飲んでいるときに殺されたということか……」

主馬がつぶやく。

「そして下手人は内藤伊三郎の背後から襲って、喉笛《のどぶえ》をかっ斬った」

清兵衛が低声《こごえ》で言う。

「勤めに出なかったのは殺されていたからだ。だとすれば、内藤伊三郎は昨日ではなく、その前の日に殺されたのかもしれぬ」

「その日も内藤は勤めに出ていませんでしたからね」

そう言う清兵衛の顔を見て、要之助はうなずいた。そんなことを話し合っていると、玄関口に人が集まってきた。宮坂から話を聞いた者たちがやって来たのだ。

要之助はその野次馬たちにここ数日の内藤伊三郎のことを尋ねた。また、この家に出入りしている者がいなかったかどうかも聞いた。

伊三郎は妻と別れてから口数が少なくなり、近所付き合いもしなくなっていた。出入りする者も少なく、最後に伊三郎が目撃されたのは二日前の朝だった。

そして、伊三郎の家に出入りをした不審な者も見られていなかった。隣の家とは垣根で仕切られているだけなので、悲鳴や争う声を聞いているかもしれないと思ったが、それもなかった。

「つまり、わかったのは、内藤伊三郎は二日前に姿を見られたが、その後はどこでなにをしていたかわからないということか」

主馬がもっともらしい顔つきになって腕を組む。

「流れ星の死体が見つかったのは昨日の朝でした。伊三郎もその前の晩に殺されたのでは……」

清兵衛が真顔を要之助と主馬に向けた。

「ともあれ、このことを知らせなければならぬ」

要之助はつぶやく。せっかくの非番の日が台なしになっているのに、そのうえ城に行かねばならぬと思うと、気が重くなるがしかたない。

「おぬしらは死体の始末を考えておいてくれ」

要之助は二人に言うと、内藤伊三郎の家を出て城に向かった。

二

その日、要之助が帰路についたのは、とっぷりと日が暮れた六つ半（午後七時）過ぎだった。

内藤伊三郎が殺されたことを上役の目付に知らせると、あらためて検視が行われ、同じ武家地で聞き込みがなされた。しかし、要之助たちが調べた以上のことはわからず、明日《あした》もう一度調べをすることになった。

内藤伊三郎の死体は親戚《しんせき》の者と相談のうえ、城の南方にある浄国寺《じょうこくじ》に埋葬することになった。

「要さん、あ、いや要之助様」

それは岩井屋の前だった。声をかけてきたのは主《あるじ》の吉兵衛で、ぺこぺこと禿《は》げ頭を下げた。

「なんだ、タコ親父か……」

「タコ親父……ま、よろしゅうございます。うちのろくでなしがお世話になりまして助かりました。いえね、昼間お礼に伺ったんですが要之助様はあいにく留守でしたので、あらためてお礼をしなきゃと思っていたんです」

「そんなこたぁどうでもいいさ。誰にでも間違いはある」

「へえ、それで小川屋さんも謝りに見えましてね。まあ、まるく収まりました」

吉兵衛はまた頭を下げた。店のなかから漏れるあかりが、吉兵衛の禿げ頭を際立たせていた。

「そりゃなによりだ。それにしても、おめえの頭はますます磨きがかかったな」

「また意地の悪いことを……」

吉兵衛は恨めしげに要之助を見た後で、

「ちょいとお寄りになりませんか。よかったら御酒なんぞいかがです」

と、揉《も》み手をして誘った。

「せっかくだが、今日は疲れている。またにするよ」

「へえへえ、それじゃお気をつけてお帰りください。お役目ご苦労様でした」

「ああ、またな」

自宅屋敷に帰った要之助は、酒をつけてもらい晩酌をはじめた。茶の間には丸火鉢が置かれているので、寒い表と違い暖かい。酒の肴《さかな》は通い女中のおくらが作ってくれた大根と蒟蒻《こんにゃく》の煮込み。

その夜、要之助は早く床に就いたが、体は疲れ切っているにもかかわらず、すぐには寝つけなかった。流れ星の遺体や馬方の内藤伊三郎の死顔が脳裏に浮かぶ。なぜ、誰に殺されたのか……。

(明日は忙しくなるな)

内心でつぶやいて目を閉じる。すると、今度はお菊のことを思い出した。身分違いではあるが、妻にするならお菊のような女がいい。だが、町人の娘をもらうわけにはいかぬというのはわかっている。

「お菊……」

天井に向かってつぶやいた要之助の瞼《まぶた》が重くなった。

翌朝、登城した要之助たち徒目付《かちめつけ》は、詰所の近くにある広間に集められた。大目付の加山助左衛門が上座にでんと座り、その脇に目付の大野善右衛門と北村儀兵衛が控え、要之助ら徒目付は下座についていた。

早速、目付の北村儀兵衛が事件の詮議《せんぎ》報告をした。そのほとんどは要之助と主馬と清兵衛が調べたことだった。

「まずは殿の愛馬流れ星の急死であるが、馬医者の調べではやはりぽっくりだとなっておるが、殿はその死に疑いを持っておられるご様子」

助左衛門はゆっくりした調子で口を開き一同を眺めた。顔色はよいのですっかり体はもとに戻ったようだ。

「そのことにつきましては、毒殺ではなかったかという疑いがあり、流れ星の涎《よだれ》を吸った土を馬医者に調べさせているところでございます」

崎村軍之助がまるで自分で差配したような口調で言う。

「涎……」

「流れ星は死んでいたとき、口から泡といっしょに涎のようなものを吐いていました。もし、毒を飲んでおれば、吐いた涎のようなものを吸った泥を調べればわかるかもしれませぬ」

「馬医者はそのことを調べておるのだな」

「急がせております」

要之助は軍之助をにらむように見た。おれが馬医者に頼んだのだぞと、腹のなかでつぶやく。

「それはいつわかる？」

助左衛門に聞かれた軍之助が要之助を見てきた。

「今日か明日か、それはわかりませぬ。馬医者の所見を待つほかありませぬ」

要之助が答えると、助左衛門は短く考えてから口を開いた。

「もし、流れ星が殺されたとするならば、なにゆえ殺されなければならなかったのだ。そして誰がそのようなむごいことをしたかであるが、なにか手掛かりはあるのか？」

「いまのところございませぬ。詮議を進めるしかありませぬ」

軍之助は自分が調べているような口ぶりである。要之助はむっと顔をしかめ、主馬と顔を見合わせた。

「詮議はどこまで進んでおる？」

「この一件、主に夏目が掛《かかり》となっていますので、夏目からお聞きくださいませ」

名指しされた要之助は、馬方の増田栄蔵と清水甚太郎から聞いたことをそっくり報告した。

「すると、流れ星は三日前の夕刻には元気だったのだな」

「厩《うまや》にいた馬方の増田栄蔵は、下城時までは常と変わらぬ様子だったと申しております」

「もうひとりの馬方清水甚太郎はなぜそのときにいなかった？」

「馬方は三人で代わりばんこの当番となっています。その日、早出をした清水甚太郎が夕七つ（午後四時）に勤めを終えて帰宅したからでございます」

「もうひとりの馬方内藤伊三郎は、その日無断で休んでいたのだな」

「さようです」

「伊三郎は流れ星の死体が見つけられたとき、すでに殺されていたのであろうか？」

「そのことはこれからの調べでございます」

また軍之助だった。

「そうであろうが、伊三郎の死体を見つけたのは夏目だったたな」

再び助左衛門の目が要之助に向けられた。要之助はちらりと主馬を見てから、さようですとうなずいた。

「伊三郎は独り住まいだったそうだな。殺しの場に下手人につながるものはなかったのか?」

「伊三郎の死体のそばには湯呑《ゆの》みがひとつだけ転がっていました。その湯呑みには酒の匂いが残っていましたが、殺された座敷に争ったような形跡もなく、また着物の乱れがなかったので伊三郎も抗《あらが》ってはいない、あるいは抗えなかったと思われます」

「そうであれば、顔見知りであろう。伊三郎は下手人に気を許していたということになる。まずは伊三郎と親しくしていた者から調べを進めてはいかがだ」

「ごもっともだと思いまする」

また、軍之助だった。

「流れ星の死と伊三郎殺しは、どこかでつながっていると考えてよいかもしれぬ。ともあれこの一件、加山組が預かった。心してかかれ」

そのまま散会となり、要之助は詰所に戻った。

「さて、どこから手をつけるかね。やることは多そうだな」

手焙《てあぶ》りを抱きかかえるようにして座った主馬が、要之助に顔を向けた。

「おれは伊三郎のことを知らぬ。まずは伊三郎のことを知ることではないか」

そこへ清兵衛が茶を運んできて要之助と主馬にわたした。

「いかがされます。流れ星と内藤伊三郎の死を調べることになりましたが……」

清兵衛はそう言って要之助と主馬を交互に見た。

「伊三郎のことがよくわからぬ。それを先に調べる」

要之助が答えたとき、軍之助がそばにやって来た。

「夏目、馬医者はなんという者であったか？」

「朝倉幸吾と申します」

「どこに住んでおる？」

「馬場村です」

「馬場村か。ならば行けばわかるな。よし、わしは朝倉から話を聞くことにしよう。おぬしらは内藤伊三郎についての調べをしろ」

要之助たちに指図した軍之助は、二人の供を連れて詰所を出て行った。

「赤団子の出っ歯、やる気を出してるみたいではないか」

主馬が詰所を出て行く軍之助を見送って、声をひそめた。

「いつも只居《ただい》では気が引けるのだろう」

要之助も声をひそめて揶揄《やゆ》し、

「では出かけるか」

と、腰をあげた。

三

厩に足を運んだ要之助たちは、しばらく二人の馬方の作業を眺めていた。

増田栄蔵は厩脇の納屋で藁《わら》や草を刻んでいた。清水甚太郎は井戸と厩を往復しながら水桶《みずおけ》を運んでいた。

「馬方も楽ではなさそうだな」

主馬が真顔でつぶやく。

「楽なお役はないということだろう」

「〝うま〟い仕事はないってことだな」

「笑えぬ洒落《しゃれ》を……」

要之助がからかうと、それがおかしかったのか清兵衛がくすりと笑った。

「精が出るな」

要之助は足を進めて二人の馬方に声をかけた。作業の手を止めて栄蔵が顔を向けてきた。甚太郎は運んできた水桶を地面に下ろした。

「流れ星はどうした？」

厩に流れ星の死体はなかった。

「昨日のうちに寺に運び、埋葬しました」

甚太郎が答えた。

「そうであったか。ところで内藤伊三郎のことは知っておるだろうな」

「話は聞きました。殺されたと知らされて驚きました」

甚太郎が額の汗をぬぐって言った。

「弔いに行ってやりたいんですが、勤めがあるので……」

栄蔵が切り刻んだ飼い葉を駄桶《だおけ》に入れて洟《はな》をすすった。

「死体を見つけたのはおれだ」

主馬が一歩足を進めると、栄蔵と甚太郎が同時に顔を向けてきた。その顔に同僚が殺されたという悲哀はなかった。

「話は聞いていると思うが、伊三郎を殺した者に心あたりはないか？」

聞かれた馬方の二人は互いの顔を見合わせて、「いいえ」と首を振った。

「伊三郎がどんな男だったかはわからぬが、人の恨みを買っていたとか、誰かと揉《も》めていたとかさようなことはどうであろうか？」

その問いには色黒の栄蔵が答えた。

「あれは揉め事を起こすような男ではありませんでした。だから恨みを買うなんてことはなかったと思います。まあ、離縁した奥方はどうかわかりませんが……」

「離縁したのはおかるという妻だったらしいが、いまはどこにいるか知っておらぬか？」

「さあ、それは聞いておりませんので……」

「子もいなかったのだな」

「子ができないことを伊三郎はぼやいていましたが、離縁したからといっておかる殿が逆恨みをするとは思えません」

甚太郎は栄蔵の言葉を否定することを口にした。

「おぬしはおかる殿が伊三郎に恨みを持っていると考えておるのか」

主馬は真顔を栄蔵に向けた。

「おとなしい女でも、夫婦のことです。手前どもにはわからないこともあると思うのです。深い意味はありません」

「他に伊三郎を恨んでいた者がいたとすれば、誰であろう？」

栄蔵は首をかしげた。甚太郎も懐疑的な目をして、そんな者はいなかったと思うとつぶやく。

「おぬしらと伊三郎はうまくやっていたのだな」

そう聞く要之助は、二人の表情が変わらないだろうかと注視した。変化はなかった。

「手前どもは三人でお役目を果たさなければなりません。たまには口喧嘩《くちげんか》ぐらいはしましたが、根に持つようなことではありません」

「口喧嘩と言ったが、それはどんなことだった？」

「飼い葉の受け取りとか水汲《みずく》みを誰にするかといったようなことです。飼い葉は毎日村の百姓が大手門まで運んでくるので、受け取りがあります。水汲みは井戸が少しばかり遠いので、少々きつい仕事になります。まあ、厩《うまや》の掃除や手入れも楽ではありませんが……」

「概して伊三郎とはうまくいっていたということか……」

「三人しかいませんので仲違《なかたが》いすれば、お役に差し障りますので、堪忍するところは堪忍しなければなりませぬ」

「もし、流れ星に毒を飲ませるとするなら、どうやって飲ませる？」

栄蔵と甚太郎は同時に目をしばたたいた。そんなことは考えもしないという顔だ。

「仮に飲ませるとしたら、水桶に混ぜるぐらいでしょうか」

甚太郎が答える。

要之助は足許《あしもと》にある水桶を見た。それから隣の厩にいる馬を眺めた。

「水桶は一頭につきひとつか？　同じ水桶で水をやるのではないのだな」

「さようです」

甚太郎が答えた。

「流れ星が死んだのは、おぬしらが帰ったあとのことだ。それが夜明けだったのか日をまたがないその日のうちだったのかはわからぬが、おぬしらが下城したあとで伊三郎がここに来ることはできただろうか？」

「登城すれば門番に用件を話さなければなりませんが、そんなことはなかったはずです」

「すると、伊三郎が流れ星を殺したということは考えられぬか」

「まず、ないと言ってよいでしょう」

栄蔵が断言するように言った。

要之助は隣の厩にいる二頭の馬を眺めた。いずれも藩主氏鉄の愛馬だ。一頭は白い芦毛《あしげ》で北斗《ほくと》と言い、もう一頭は黒鹿毛《くろかげ》で信濃《しなの》という名だった。

「伊三郎の家へ出入りする者は少なかったようだが、伊三郎と親しく付き合っていた者を知らぬだろうか」

「下城したあとのことはよく知りませんので……」

栄蔵が答えれば、

「伊三郎は口数の少ない男で、仕事中でもあまり世間話はしませんでしたから……」

と、甚太郎が言葉を添えた。

「それでも仲のよかった者はいただろう」

主馬が問いを重ねると、甚太郎は栄蔵を見てから、

「あれは酒が好きでしたから城下の町へ飲みに行っていたはずです。縄暖簾《なわのれん》か安い居酒屋でしょうが、そこに気の合う仲間がいたかもしれません」

と、答えた。

「その飲み屋のことを知らぬか?」

甚太郎はわからないと答えた。

四

城を出た三人はその足で伊三郎の屋敷に向かった。朝の早いうちに野辺送りは終わったらしく、伊三郎の家の戸も雨戸も閉め切られひっそりしていた。

隣家を訪ねて伊三郎のことを聞くと、

「いま寺から帰ってきたばかりでございます。それにしてもお隣で、凶事が起こるとは思いもいたらぬことでした」

玄関に出てきた内儀はまだ喪服姿だった。奥座敷で着替えをしている亭主の姿が見えた。

「ご亭主にも聞きたいのだが、内藤伊三郎に恨みを持つ者や、あるいは伊三郎と揉め事を起こしていた者はいなかっただろうか？　昨日も同じことを聞いているが……」

要之助は厚化粧の内儀を見て尋ねる。

「そのことは野辺送りのときにも話が出たのですけれど、そんな話は聞いたことがないと誰もが申されます。拙宅は隣なので、余り物を届けたりすることがありましたけれど、伊三郎さんは無口な方なので、どんなお付き合いがあったかわからないのです」

「訪ねてくる客などはどうであろうか？」

「見たことがありません。何度か同じ馬方の方が見えたことはありますが、それも一月以上前のことです」

「それ以来、伊三郎を訪ねた者はいないと……」

「わたしが気づいていないのかもしれませぬが、お客を見たことはありません」

内儀とそんなやり取りをしていると、着替えを終えた亭主がやって来て、やはり同じようなことを口にした。

「伊三郎は酒好きで城下の町でよく飲んでいたと聞いたのだが……」

要之助は小柄でしわ深い亭主に顔を向けた。

「たまに酔って帰ってくることはありました。そんなときだけ、愛想よく挨拶《あいさつ》をしてくるんです。まあ、今夜はいい月だとか、今日は暑かった寒かったなどといったことでしたが……」

「城下のどこで飲んでいたかわからぬか？」

「高直な店でないのはたしかでしょうが、どこで飲んでいたかまでは……」

亭主はわからないと首を振った。

要之助は隣家を離れると、同じ武家地を主馬と清兵衛と手分けして聞き込みにかかり、半刻《はんとき》後に表道で落ち合ったが、わかったことはなかった。

伊三郎は近所付き合いが極端に少なく、人見知りをする男だったという印象が強くなっただけだ。殺されたと思われる三日前の夜も、その前の晩にも伊三郎の家に出入りした者は見られていなかった。ただわかったことはひとつだけだ。

伊三郎が離縁したおかるという内儀の実家である。

「高田《たかだ》村の庄屋《しょうや》喜兵衛《きへえ》の次女らしいです」

聞き込んできたのは清兵衛だった。

「悪いがひとっ走りしてくれぬか。まさか別れた妻の仕業だと考えたくはないが、人の手を借りれば殺しはできる」

「高田村ですと、行き帰りを考えれば一刻《いっとき》（約二時間）はかかると思います。どこで落ち合えばよいでしょう？」

清兵衛が団栗眼《どんぐりまなこ》を向けてくる。

「吾妻橋の近くに茶屋がある。そこでよいだろう」

要之助が答えると、清兵衛はそのまま高田村に向かった。

「あの二人の馬方、おれたちに嘘は言っておらぬだろうな」

清兵衛を見送った主馬がつぶやいた。

「甚太郎と栄蔵が嘘を……」

要之助は主馬の顔をまじまじと見た。

「ああ、伊三郎に流れ星を殺すことはできなかった。流れ星が殺されたとき、伊三郎は勤めを休んでいた。夜中に城に忍び入るのはできることではない。もし、日が落ちて暗くなった後で城に入れば門番と顔を合わせる。流れ星をこっそり殺すなんてことはできぬ」

「すると、あの馬方のどちらかが殺したと……」

要之助はそう言ってから言葉をついだ。

「ともあれ伊三郎の件を調べなければならん。やつが飲みに行っていた店を探す。主馬、おぬしは外町《そとまち》から聞き調べてくれ。おれは上町《かみまち》から東のほうをあたってみる。一刻後に吾妻橋そばの茶屋だ」

「承知した」

その場で右と左に別れると、要之助は宿往還を東へ向かった。吾妻橋の手前には東山町があり、橋をわたれば本町・上町・春日町・中町《なかまち》・下町《しもまち》とつづく。本町の北側には鍛冶町があり、中町の北には巽《たつみ》町・大和《やまと》町が、下町の北には若葉《わかば》町がある。

いまは昼間なので居酒屋や料理屋は閉まっているところが多い。それでも昼間から店を開けているところもある。

上町に三軒の店が戸を開けていたので、早速訪ねて内藤伊三郎のことを聞いていったが、どの店でも首を横に振られた。しかたなく隣の春日町に来たとき、要之助はどきりと胸を弾ませて立ち止まった。

小川屋の表に立っている女がいたのだ。お菊である。

「いらっしゃいませ、いらっしゃいませ。おいしい飴《あめ》にあられはいかがでしょうか。酒饅頭《さかまんじゅう》もきんつばもあります。いらっしゃいませ、いらっしゃいませ」

透きとおった声が要之助に心地よく聞こえる。笑顔を振りまきながら通行人に声をかけるお菊の姿もよい。

（お菊……）

要之助は役目を後まわしにして、小川屋に足を向けた。

五

「あら」

お菊が要之助に気づき目を見開いたと思ったら、すぐに魅力的な笑みを浮かべた。

「昨日のあられ、大層うまかった。母が殊の外喜んでくれた」

「それはようございました。ありがとうございます。今日もお休みでしょうか？」

お菊は非番だと思っているようだ。

「いや、ちょいと見廻《みまわ》りの途中だ。そなたの姿が見えたのでつい……」

「嬉《うれ》しゅうございます。もし、よろしければお寄りになりませんか」

誘われて断る理由はない。要之助は店のなかに入って上がり框《がまち》に腰を下ろした。

帳場に中年の女性が座っていた。軽く黙礼をすると、

「うちのおっかさんです。あ、お名前を……」

お菊は母親に要之助を紹介しようとして、少し戸惑い顔を向けてきた。

「藤田家の家臣、徒《かち》目付の夏目要之助と申す。お見知りおきを」

言ったとたん、お菊と母親が目をまるくして顔を見合わせた。

「あ、お茶を。これお菊」

母親に言われたお菊が、慌てて茶を淹《い》れて要之助にわたした。

「今日は師走《しわす》にしてはよい天気だな」

他に言いたいことがあるはずだが、思いつかない。要之助は飴や菓子を並べてある縁台を眺めた。間口九尺の小さな店だが、奥行きのある店だとわかった。奥からトントントンと、飴を切る小気味よい音が聞こえてくる。

「飴はこの店で作っているのだな」

要之助は間が持てないので聞いた。

「はい、飴はこの店で作っていますが、他のお菓子は近所の村の人に頼んでいます。いまは農事が少ないので喜んで頼まれてくれます」

母親が答えた。お菊にどことなく似ているが、小太りだ。顔もふっくらしている。

「すると百姓の女房たちがこの菓子を……」

「へえ、そろそろ正月用の餅《もち》も並べようと考えています」

「飴はご亭主が作っているのだろうか？」

「おとっつぁんは二年前に流行病《はやりやまい》で死んでしまったので、妹とわたしが代わりばんこで作っています」

お菊が答えた。

「二年前に流行病で……それはお気の毒な。かく言うおれの父親も二年前に身罷《みまか》ったのだが、そなたの父御はまだ若かったのでは……？」

「四十二の厄年でした。腕のいい菓子職人だったので、そのままわたしと妹が引き継いだのです。あ、おっかさんもですけど」

お菊が悪びれたように首をすくめた。その仕草が愛らしい。

「すると母娘《おやこ》三人でこの店を切り盛りしているのか。苦労もあるだろうが、たいしたものだ」

「いいえ、それなりに楽しんでやっているんですよ」

お菊がそう言ったとき、土間奥の暖簾《のれん》をかき分けて女が出てきた。

「あ、お客様……いらっしゃいませ」

女は小さく頭を下げた。小柄でぽっちりした目をしていた。お菊より母親に似ている子だった。

「妹のお鶴です。夏目要之助様よ」

「いらっしゃいませ」

「そなたがお鶴だったか。なんでも見知らぬ男に攫《さら》われそうになったそうだな。さようなことを米屋の馬鹿息子から聞いたが、夜道は気をつけることだ」

「源吉さんのお知り合いなのですね」

「子供時分の遊び友達だ。気の短いへっぽこ野郎だが、悪いやつではない」

「そうだったのですか」

お鶴は目をみはって、意外だという顔をした。

「それより、源公に悪さはされていないだろうな。そっちのほうが心配だ」

「ときどきからかわれますが、悪気がないのはわかっています。それどころか先日はご迷惑をおかけしてしまいまして……」

お鶴はぱっちりした目で要之助を恥ずかしそうに眺め、お菊に今日の分の飴を作り終わったと伝えた。要之助はそれを見て、長居はできぬと思い立ちあがった。

「もう、お帰りですか？」

お菊が引き止めるようなことを言う。

「勤め中であるからな」

「では、また遊びにいらしてください」

お菊は嬉しいことを言う。要之助はこのまま居座《いすわ》りたい気持ちがあるが、それはできない。

「うん、またまいろう」

要之助が暖簾を撥《は》ねあげて表に出ると、お菊が追いかけてきた。

「夏目様、お気をつけて」

「うむ」

声をかけられると嬉しいが、要之助は威厳を保つようにうなずき、後ろ髪を引かれながら背を向けた。

「おい、ここでなにをしておる」

突然の声に驚いて振り返ると、赤団子出っ歯の軍之助がそばに立っていた。二人の供を連れているが、いずれも清兵衛と同じ下目付だった。

六

「なんだ、妙に浮ついた顔をしていやがる」

軍之助がのぞき込むように見てきたので、要之助は顔を引き締めた。

「聞き調べをやっておるのです」

「なんの聞き調べだ？」

まったくの愚問だと思うが、相手は先任だから滅多な口答えはできない。

「内藤伊三郎の下手人捜しです」

「なにかわかったか？」

軍之助はそう言ってから、まあ話を聞こうと向かいの茶屋にいざなった。

「これといってわかったことはありませぬが、伊三郎に離縁された妻がいます。その妻へ清兵衛が聞き込みに行っています。また、伊三郎は近所付き合いがなく、ここしばらく伊三郎を訪ねた者もいません。ただ、伊三郎は酒好きだったらしく、この町の飲み屋に出入りしていたことがわかっています。その飲み屋を探しているところです」

要之助は茶屋の床几《しょうぎ》に座ると、調べたことをざっと話した。

「なるほど、飲み屋でなにか揉《も》め事を起こしていたと、さような考えか。さもありなん」

軍之助はそう言ったあとで、斜向《はすむ》かいにある小川屋を眺めて、

「あの店は飲み屋ではなかろう」

と、付け足した。疑わしげな目つきだ。

「近所の飲み屋のことを聞いていたのです。それで、崎村さんは朝倉殿に会ってきたのでしょう。いかがでした？」

要之助は問い返した。

「おぬしらが運んでいった泥を調べている最中だそうだが、あの様子ではあてにならん」

「そうですか……」

要之助は気落ちした声を漏らした。

「それにしても朝倉は、野馬医のくせして威張ったことを言いやがる。藩から相応の給金をもらっているから、身分があがったと勘違いしておるようだ」

「なにかいやなことでも言われましたか？」

「態度が気に食わぬのだ。まあ、それはよい。夏目、おぬしは流れ星がほんとうに殺されたと考えておるか？」

「なんとも言えませぬ。殺されたのかもしれませんが、殺されたとしたら訳合いがわかりません」

「そうではあるが、殿が疑われているということは、やはり殺されたのだろう。そう考えるべきだ」

軍之助は主君に阿《おもね》ることを言う。

「では、なんとしてでも明らかにしなければなりませんね」

「そういうことだ。だからわしらが足を棒にして調べているのだ」

軍之助はさほど歩いていないはずだが、胸を張る。

「調べられるだけ調べるだけですね」

「それで伊三郎殺しの下手人も、まだ目星はついておらぬのだな」

「いまのところはなにもわかっていませんので……」

軍之助は短く黙り込んで茶を口に運び、

「ともあれ、道草を食ったりせず、しっかり頼む」

やはり軍之助は要之助のことを疑っていたようだ。

「さて、一度城に戻ろう」

軍之助はそう言うと床几から立ちあがり、供の二人に顎《あご》をしゃくった。

（馬医より威張ってるのは、崎村さんじゃねえか）

心中でつぶやき、「けっ」と吐き捨てたが、茶の代金を軍之助が払っていないことに気づいた。

「あ、崎村さん……」

後ろ襟をつかむように片手をあげたが、軍之助の姿はもう遠くにあった。

やれやれと立ちあがって茶代を払い、飲み屋を探して聞き込んでいったが、この刻限に店を開けているところは少なかった。やはり夕刻にならないと、聞き調べは難しいようだ。

主馬と清兵衛と落ち合う約束の刻限に、吾妻橋そばの茶屋に行くと、すでに二人は待っていた。

「昼間から開けている飲み屋に伊三郎が通っていた店はなかった。日が暮れてからあたり直すしかないようだが、主馬、おぬしはどうであった?」

要之助はまず自分の報告をしたあとで主馬を見た。

「おれも同じだ。昼間から酒を出す店はあったが、伊三郎が通っている店ではなかった。それで、清兵衛。おぬしのほうはどうであった?」

聞かれた清兵衛は少し居住まいを正して答えた。

「伊三郎に離縁されたおかるはいませんでした」

「いなかった?」

主馬がげじげじ眉《まゆ》をひそめた。

「伊三郎が死体で見つかった二日ばかり前からです。父親は高田村の庄屋《しょうや》で喜兵衛と言いますが、伊三郎のことでおかると口喧嘩《くちげんか》をして、そのことで腹を立てて家を飛び出したのです」

「伊三郎のことで口喧嘩とはどういうことだ?」

要之助は清兵衛をまっすぐ見る。

「父親の喜兵衛は、伊三郎に離縁されたのは、娘のおかるが悪いからだ。夫に尽くしきれないから三行半《みくだりはん》を出されたのだとおかるに言ったそうです。すると、おかるはそんなことではない。他人にはわからない夫婦のことがある。知りもしないで伊三郎を庇《かば》うのはやめてくれ。とうの昔から伊三郎とは縁を切りたかったのだ。どんなひどい仕打ちを受けてもわたしは耐えていたのだと泣きじゃくって、家を出たらしいのです」

「行き先は？」

清兵衛はわかりませんと首を振った。

「伊三郎とおかるが離縁したのは、一年半ほど前だったはずだ。なにゆえいま頃そんな話が出たのだろう？」

「これはわたしの勘ですが、おかるは庄屋の娘と言っても稼ぎ手にならない次女です。ですから家にいても厄介者扱いなのでしょう。言ってみれば武家の次男みたいなもので部屋住みです。おそらく喜兵衛は、ただ飯を食らうだけの出戻り娘が煙たくなったのではないでしょうか」

清兵衛は短い間を置いてつづけた。

「それはさておき。おかるには以前惚《ほ》れた男がいたようです。同じ村の吉蔵《きちぞう》という馬喰《ばくろう》です。喜兵衛は、もしおかるが吉蔵とよりを戻すようなことになったらことだと心配しています。吉蔵は気性の激しい荒くれで、些細《ささい》なことで乱暴をはたらく村の嫌われ者らしいのです。それで吉蔵は妻帯していないのかと聞きますれば、いまだ独り身だということです」

　要之助は主馬と顔を見合わせた。

「もし、おかるが吉蔵の家に匿《かくま》われているならどうなるでしょう。おかるは伊三郎にずいぶんな仕打ちを受けているようです。そのことを吉蔵が知ったら……」

「吉蔵は荒くれの嫌われ者か……」

　要之助は宙の一点を凝視した。

「おかるが家を出たあとで伊三郎は殺されている」

　主馬がまばたきもせずにつぶやく。

「伊三郎を殺したのは吉蔵かも……。そうは考えられぬか」

　要之助は主馬と清兵衛を眺めた。

第四章　ひとり者寂しき思いいずこへや

一

「証《あかし》のない推量であろう」

主馬は要之助の言葉を否定するようにかぶりを振って、言葉をついだ。

「おかるは吉蔵に惚れていたと言う。それでもおかるは伊三郎に嫁いだ。それはそうであろう。親としては、まして村の庄屋であれば、荒くれの馬喰に嫁がせるより馬方の伊三郎に嫁入りさせたほうがよいに決まっている。伊三郎は小禄《しょうろく》の馬方と言っても、藤田家の家臣。大小を差す武士身分だ。おかるは吉蔵のことを忘れることができなかったが、親の勧めを断れずにあきらめて伊三郎に嫁いだ」

「ままあることだ」

要之助が口を挟むのを無視して、主馬は話をつづける。

「はたして、おかるは妻として女として幸せであっただろうか。聞けば、おかるは伊三郎にずいぶん虐げられ、ひどい目にあっていたようではないか。やっと離縁できてよかったと、表には出さずに喜んでいたかもしれぬ。さりながら実家に戻ったら冷たい仕打ちが待っていて、挙げ句、親は離縁されたおかるを責めた。そんなときか弱い女はどうするだろうか？」

「味方になってくれる人を頼るのでは……」

清兵衛が言う。主馬はつづける。

「おかるは嫁入り前は吉蔵と互いに思いを寄せる仲だった。それに吉蔵はいまだに独り身だ。頼れる者がいないおかるは吉蔵を訪ねて、伊三郎にいかほどの仕打ちを受けたかを洗いざらい打ち明けた」

「話を聞いた吉蔵には伊三郎に対する因縁があった。ゆえに黙っておれなくなり、伊三郎を手にかけた。そういうことか」

要之助が主馬の話を締めくくった。

「話の流れからさようなことがあってもふしぎではないだろう」

清兵衛は膝《ひざ》をたたき、

「下手人は吉蔵かもしれませぬ」

と、声をはずませ、目を輝かせた。

主馬は、要之助と清兵衛をまじまじと見た。

「まだ日は高い。これから吉蔵に会いに高田村へ行こう」

主馬の推量にも一理あると思った要之助は、湯呑《ゆの》みを床几《しょうぎ》に置いた。

「清兵衛、案内するのだ」

主馬にうながされた清兵衛は立ちあがったが、吉蔵の家はわからないと言う。

「懸念に及ばず。吉蔵は荒くれの馬喰だと言うから村に行けばすぐにわかるはずだ」

三人は城下を離れると、そのまま高田村に向かった。高田村は城の北方にある。

城下からだと一里と少しの距離だ。

賑《にぎ》やかな城下町を離れるとすぐに百姓地になる。野路を辿《たど》りながら鬱蒼《うっそう》とした森や小高い山を眺めるが、冬枯れの木が目立つ。天気はよいが足を進めるうちに突風が吹き、木々の枯れ葉を散らし、野路に土埃《つちぼこり》を巻きあげた。

馬喰は牛馬の売買を生業《なりわい》とする。競り市などでは、安く買いたたいて顰蹙《ひんしゅく》を買う者が少なくない。主馬の推量があたっていれば、事件は一気に解決である。

しかし、そうはならなかった。吉蔵に会ったが、おかるとはもう五、六年も会っていないし、自分を頼るような女ではないと断言した。その言葉にも態度にも嘘は感じられず、おかるを匿っている様子もなかった。

「主馬、おぬしの推量は外れたな」

吉蔵の家を後にしながら、要之助はため息をついた。

「おかるの家に行ってみますか？　ひょっとすると帰っているかもしれません」

清兵衛が提案した。

「そうしよう。案内してくれ」

日は西にまわりはじめていた。

野路には冷たい風が吹き、冬枯れの木々を騒がせていた。

おかるの実家、喜兵衛の家は庄屋らしく、近隣の百姓家より立派であった。屋敷のまわりには松や葉を落とした柿の木があった。

「これはまた青木様……」

戸口で清兵衛が声をかけると、主《あるじ》の喜兵衛があらわれて、要之助と主馬を見て顔を硬くした。それと気づいた清兵衛が要之助と主馬を紹介した。

「ご苦労様でございます。それで、今度は……」

喜兵衛は要之助らを恐る恐る眺めた。

「おかるの元亭主、伊三郎のことで聞きたいことがある。おかるは出て行ったそうだが、まだ帰ってはおらぬか？」

要之助が問うと、喜兵衛は盆の窪《くぼ》を恥ずかしそうにかきながら話した。

「それが先ほど戻ってきまして。どこに行っていたと聞けば、隣村の親戚《しんせき》の家に行っていたのです。その親戚に諭されて先ほどいっしょに帰って来たばかりです」

「会って話をしたいのだが……」

「はあ、ではおあがりください」

座敷に通されると、ひとりの女が茶を運んできて、そのまま喜兵衛の隣に腰を下ろした。

「おかるでございます」

そう名乗って丁寧に頭を下げた。二十代半ばの小柄な女だった。木綿の小袖《こそで》に急いでつけたらしい紅殻の羽織を着ていた。陰のある暗い印象を受けるが、目と口に気の強さが感じられた。

「離縁した伊三郎のことは聞いておろうな」

要之助が問うのに、おかるは「はい」とうなずき、話を聞いて驚いたと言った。

「別れて一年半ほどになるらしいが、その後伊三郎に会ったことはないのだな」

「むろんでございます」

「伊三郎は酒をよく嗜《たしな》む男だったらしいな」

「飲めば人が変わる人でした。そのためにわたしはずいぶん苦労いたしました」

「夫婦仲はよくなかったのか？」

おかるは少し間を置き、言葉を選ぶようにして答えた。

「嫁いで一年ほどはやさしくしてもらいましたが、その後はだんだんにあの人の気性があらわれたのか、気に入らないことがあると汚い言葉で罵《ののし》られ、足蹴《あしげ》にされるようになりました。あの方は藤田家の家来と言っても、言葉は過ぎますが、下っ端役人でした。そのことに不満があったのだと思いますけれど……」

「苦労したようだな。さぞや辛《つら》い思いをしたのだろう」

要之助のその言葉が琴線に触れたのか、おかるは急に目をうるませてうつむいた。膝に置いた手をにぎりしめもする。

「伊三郎のことだが、そなたと縁を切ったあとは近所付き合いが少なくなり家に籠《こ》もっていることが多かったそうだ。それに、伊三郎を訪ねてくる者もあまりいなかったと聞いた」

「…………」

「離縁ののちはそうであっても、親しく付き合っていた者もいたはずだ。そういう者を知らぬか」

この問いにおかるは目をしばたたいて、短く考えた。

「同じ馬方の増田さんとか清水さん、それから橋倉五郎《はしくらごろう》さんはときどき酒を持って遊びに見えることがありました」

橋倉五郎――初めて聞く名だ。

「その橋倉というのは馬方だろうか？」

「さようです。でも、おやめになったと半年ほど前に聞いたことがあります」

「それは誰に聞いたのだね？」

「武家地に住んでいらっしゃる棚橋《たなはし》様の奥様です。ばったり城下で会ったときに、そんなことを伺いました」

「伊三郎は城下で酒を飲むことがあったようだが、どこのなんという店に出入りしていたか知らぬか？　贔屓《ひいき》にしていた店があったと思うのだが」

「わたしといっしょのときには、表で飲むことは滅多にございませんでした。表で飲んだとしても年に二度か三度です」

おかるは伊三郎が行っていた店を知らぬようだ。

「伊三郎が誰かに恨まれていたようなことに心あたりはないか？」

主馬だった。おかるは首をかしげた。

「では、馬方にいる者たちとはどうであったろう？」

「それは……」

おかるはなにかを言いかけて口をつぐんだ。

「もう伊三郎は死んでいる。それにこのことは誰にもしゃべらぬ。知っていることがあったら教えてくれぬか」

要之助が催促すると、おかるは一度うつむいてから顔をあげた。

「あの人は他の人たちとうまく行っていなかったと思います。いつも仕事の愚痴をこぼしては、他の人たちの悪口を言っていました」

「例えばどんなことを？」

「いやな仕事を押しつけるとか、非番日を勝手に変えられたといったようなことです。他にも言っていましたが、わたしはそんなことを聞きたくないので、いつも聞き流しておりました」

「それは増田栄蔵や清水甚太郎のことだな」

「橋倉さんのことも貶《けな》していました」

要之助は主馬と顔を見合わせた。

二

要之助らが城の詰所に戻ったのは、下城時刻の七つ（午後四時）前だった。

本来ならそのまま帰ってよいのだが、役方と違い番方の目付は勝手がいかない。上役連中が帰るのをいまかいまかと待っている者もいるが、口うるさい崎村軍之助が下役の二人となにやら真面目顔で話し込んでいるし、また要之助はその日の調べをもう一度主馬と清兵衛と話し合う必要があった。

「さて、いかがする？」

要之助は手焙《てあぶ》りにあたりながら主馬と清兵衛を見る。

「栄蔵と甚太郎に会って話を聞かなければならん。それに、橋倉五郎という元馬方にも会わなければならん。ここであれこれ話しても、その三人に会わなければ先には進まぬだろう」

ずぼらな主馬にしては真面目なことを言う。

「いま、もっともあやしいのは橋倉五郎だ。そうではないか」

主馬に強く言われると、要之助もそんな気がする。

「流れ星の死に伊三郎が関わっているのなら、もう一度門番にたしかめなければならぬ」

「それはそうだろうが、伊三郎を殺した下手人は伊三郎に恨みがあったか、あるいは下手人が都合の悪いことを伊三郎に知られたので口を封じる必要があった」

「主馬、たまには気の利いたことを言う」

「たまには、は余計だ。まあ玉は持っておるが……」

主馬は受けもしない冗談を言い、音を立てて茶を飲んだ。要之助と清兵衛はしらけた。

「手分けしてやろう。いっしょに動いても捗《はか》がゆかぬ。清兵衛は門番をあたって伊三郎のことを聞く。主馬、おぬしは元馬方だった橋倉五郎に会ってくれるか」

「わかった。それでおぬしは……」

「おれは伊三郎が通っていた飲み屋を探してみるが、もう一度伊三郎の家の近所で話を聞く。聞いていない家があるからな」

城下の町には、木枯らしが吹いていた。暖簾《のれん》が捲《めく》れあがり、天水桶《てんすいおけ》に積んである手桶《ておけ》が転がってもいれば、日除《ひよ》けの葦簀《よしず》が路地に倒れてもいた。

日の落ちたあとなので多くの店は戸を閉めている。料理屋や居酒屋のあかりだけが、ぽつんぽつんとあるだけだ。

一膳飯屋《いちぜんめしや》で腹拵《はらごしら》えをした要之助は、伊三郎が通っていた店を探したが、いっこうに見つからない。だが、半刻《はんとき》ほどたったときに、魚が釣り針をつくようなあたりがあった。上町の路地を入ったところにある「狸《たぬき》」という間口一間の小さな店だった。

「一年ほど前からでしょうか。月に二、三度ですが飲みに見えていました。いつも隅の席に座り、酒を二合か三合飲んで帰られるのが常でした。掛け飲みなので、お名前は存じておりますから間違いはありません」

そう言うのは店の主《あるじ》だった。

「月に二、三度か……。連れはなかったか？」

要之助は主に聞く。

「いつもおひとりでした。物思いに沈んだような顔で、静かに飲んでらっしゃいました。つけを溜《た》めることもなく、毎月晦日《みそか》にはきっちり払ってもらっています」

店は幅広の縁台と空樽《あきだる》が二つ置かれているだけだ。客は十人も入らない店で、いまも職人らしい三人の客がいるだけだった。

「話はしなかったか？」

「あまりしませんでしたね。無口な方なので、へたに声をかけないほうがよいと思っていました。それにしても亡くなられたとは……」

狸では伊三郎のことはそれ以上わからなかった。店を出ると、別の店をあたっていったが、その夜、伊三郎が贔屓にしていた店を見つけることはできなかった。

「今夜はここまでにしておこう」

要之助はつぶやいて、探索を打ち切った。

三

表通りに出たところで、一度、春日町の小川屋に目を向けたが、表戸は閉じられ、あかりも漏れていなかった。お菊はいま頃なにをしているのだろうかと思うが訪ねるわけにはいかない。

「ずいぶん、遅うございましたね」

自宅屋敷に近づいたとき、門口から出てきた女中のおくらと出くわした。

「今日はくたびれた。いま帰りか。おまえも遅いのではないか」

「伊沢様が見えてらしたのです。要之助様にお話があるとおっしゃってお待ちだったのですが、つい先ほどお帰りになりました」

「伊沢様が……」

「はい」

「まあよい。ご苦労であったな。気をつけて帰れ」

要之助はおくらを見送って自宅玄関に入った。すぐに母親の千代がやって来て、伊沢徳兵衛が来ていたことを告げた。

「いま、表でおくらに会って聞きました。なんの用だったのでしょう？」

「おまえ様の嫁のことですよ。この前も言いましたが、いい相手がいるので、是非にも仲立ちしたいとおっしゃるの」

要之助はいらぬ節介だと思って、座敷にあがった。

「母上、今度伊沢様が見えたら、わたしにはまだその気がないと断ってください。嫁をもらうほどの甲斐性《かいしょう》はいまのわたしにはありません」

「お相手は勘定方の篠田主税様のお嬢様ですよ。家筋を考えればもったいない話ではありませぬか。伊沢様からよく話を聞いてみたらいかが……」

着替えをするために自分の部屋に入ったが、千代はついてくる。

「何度も申しますが、いまのわたしにはその気はありません。嫁取りの前に、いまのお役をちゃんと務めるのがわたしには大事なのです」

「それはそれでしょうに。少し考えなさいな」

要之助は「わかった、わかった」と、千代を追い払って着替えにかかった。楽な着流しになって茶の間に行くと、玄関に訪《おと》なう声があった。源吉だとわかる。

「源公か……」

要之助が玄関に行くと、源吉が畏《かしこ》まった顔で相談があると言う。

「相談……どんなことだ？」

「ちょっとここでは……」

なにやら話しづらい顔をするので、外に行くかと言うと、それがいいと源吉は同意する。

「母上、ちょっと出かけてきます」

要之助が奥の座敷に行って告げると、千代は浮かぬ顔で苦言を呈した。

「人付き合いは考えものですよ。あの人、岩井屋の源ちゃんでしょ。変わり者の風来坊だと聞いていますよ」

「悪い男じゃありませんよ」

千代はあきれ顔をしたが、要之助はかまわずに玄関に戻り、源吉を表に誘った。

行ったのは岩井屋の近くにある縄暖簾《なわのれん》だ。入れ込みの隅に座ると、大年増の女中に適当に酒と肴《さかな》を注文した。

「相談てぇのはなんだ。しょんべんを引っかけられた蛙のような顔しやがって」

源吉が相手だと自然に砕けた口調になる。

「ひでえこと言わねえでください。落ち込んでんですから……」

「だからなんだ。ま、飲め」

酒が運ばれてきたので要之助は源吉に酌をしてやり、自分は手酌をした。

「殺しがあったと耳にしましたが……」

源吉は酒に口をつけるなりそんなことを言った。

「誰に聞いた？」

「もう噂ですよ。内藤伊三郎という馬方だったらしいですね」

「まさか、知っているというのではねえだろうな」

源吉は何度か見かけたことがあると言った。

「どこで？」

「若葉町に半年前まで金物屋だった空き家があるんです。そこから出てくるのを見たんです。あっしもときどき遊ばせてもらってるんで、顔と名前を知ってるってわけです」

「いつ見た？」

「二月ほど前だったかな……まあ、そのぐらいです」

源吉はうまそうに酒に口をつける。

「二月前に何度見た？」

「二度かな」

要之助は短く宙の一点を見据え、酒をあおると、明日にでもその賭場《とば》に行こうと決めた。

「おめえ博奕《ばくち》やってんのか？」

「気晴らしに、たまにですよ。それぐらいの遊びでもやらなきゃ、やってられませんからね」

源吉はそう言った後で、実家に戻ってきたが肩身の狭い思いをして、長男にいびられ、むしゃくしゃすることが多いとか、真面目に家業の手伝いをしているのに次男はなんでこうも損なんだろうとぼやいた。

「なんだ、相談てぇのは愚痴か……」

「そうじゃねえですけど」

「おめえはなぜ、そうひねくれてんだ。次男だからって拗《す》ねることはねえ。おれだって愚痴なら腐るほどある。おめえにはわからねえだろうが、城勤めは楽じゃねえ。下げたくない頭を下げ、上役に楯突《たてつ》くこともできねえ。言われたことを、はいはいと言って聞くしかねえんだ。それに家筋を潰《つぶ》さないために、精励恪勤《かっきん》しなければならん。それが死んだ父親への恩返しだ。家督を継げねえからと言って臍《へそ》を曲げ、兄貴を妬《ねた》んだり羨《うらや》んだりするのはお門違いだ。身を引き締め、おのれを磨けばおめえにもいいことがあるだろう。おれはそう思うんだ」

「かあ、要さんも一丁前のことを言うようになったね。いや、たしかにそうだと思うよ。だけどよ、ほんとうに肩身が狭いんだよ」

「辛抱しろ。なにもおれは説教なんかしたかぁねえんだ。さ、飲んでいやなことは忘れちまえ。そして、明日から真面目に家の手伝いをするんだ。いまのおめえにはそれが一番大事なことじゃねえか」

「へえ、たしかにおっしゃるとおりで……。でね、相談てぇのは女のことなんです」

「女……」

要之助は源吉のでこ面をまじまじと眺めた。

「中町に八百徳って青物屋があるんですがね。そこにおさきっていい女がいるんです。歳はちょうど二十歳で、小股《こまた》の切れ上がった女です。あっしは一目惚《ひとめぼ》れしちまって、今度所帯を持つならおさきみてえなのがいいと思っていたんです」

「それで……」

「何度か誘って話をしたんです。それで、こりゃあ脈があるなと思ってたんですが、今日、言われちまったんです」

「なにを……」

要之助は酒を口に運びながら源吉を眺める。

「おっかさんが縁談話を持ってきて、おとっつぁんも乗り気になって断れなくなった。それで嫁ぐことになったと……」

源吉は「はあ」と、大きなため息を漏らし、がっくり肩を落とす。

「なんだ、相談てぇのは女に振られた話か」

「おさきの縁談をなしにできねえかと思うんです。要さんだったらどうします？」

「どうするって……そりゃ相手次第だろう。おさきが嫁ぐって言うんなら引き止めることはできねえだろう。それともおめえはなにか。駆け落ちでもしようって腹じゃないだろうな」

「それも考えましたが、おさきはそんなことはできない、もう会いに来ないでくれとはっきり言いやがって……おりゃあだめな男だ」

源吉はやけになったように酒をあおった。

「なんだなんだ、女ひとりに振られたぐらいで、めそめそするこたぁねえだろう。世間にはいい女が掃いて捨てるほどいる。つぎの女を探せばすむことだ。そう割り切ってしまえば、悩むことなんてねえだろう。さ、いやなことは飲んで忘れちまいな」

要之助は源吉を慰め、元気づける。励まされる源吉は酔いがまわってくると、急にしおらしくなって、

「いや、要さんに会ってよかった。こうやって酒が飲めてよかった。こういうことは要さんにしか言えねえからな」

と、柄にもなく涙ぐむ。

「源公、世の中ってぇのは楽しいことばかりじゃねえな。おれはつらいことが多すぎるような気がする。それでもおれは辛抱して城勤めしてる。おめえも辛抱だ。それしかねえだろう」

「へえへえ、おっしゃるとおりで……」

源吉は目をうるませて酒をあおる。気づいたときには、二人とも〝へべのれけ〟

になっていた。

四

いい加減に酔って家に帰った要之助は、すぐには寝つけずに愚痴をこぼしに来た源吉のことを考えた。

自分は長男に生まれたので、父親に倣って仕官でき、家を継ぐことができる。岩井屋の長男藤吉《とうきち》もそうだが、源吉はそうではない。養子に行って戻ってきたが、いずれは店を出て行かなければならない。それが世の定めだ。そして、それは商家にかぎったことではない。侍も百姓も職人の子も同じ運命にある。

源吉に同情心はあるにせよ、これぱかりはなんともし難い。

要之助は虚空に突き出した右手をゆっくりにぎって、生前何度も言い聞かせられた父の言葉を思い出した。

──それなりの欲もあり、名誉を重んじる武士ではあるが、慎みや堪忍を忘れてはならぬ。まわりに波風を立てるような生き方をしてはならぬ。だからといって昔ながらの因習に縛られ、なにもせず、不平や不満があっても愚痴ることなく世を去りたることは遺憾である。

父はそう諭して、そのことをよくよく考えて勤めに出ろと言った。

「難しいことを言われた」

つぶやきを漏らす要之助だが、父の言葉の意味は藤田家に奉公するうちになんとなくわかってきた。まわりとうまくやらなければならない。粗相をしてはならぬこともわかる。だからといって自我を抑えてばかりではつまらぬ人間になる。

「生きるとは難しいことだ」

もう一度つぶやきを漏らして、深いため息をついた。

それからふと思い出した。自分に嫁を仲介しようとしている伊沢徳兵衛のことだ。父の親友であり、幼い頃から目にかけてくれた人である。ありがたい話だとは思うが、素直に勧めに応じる気はない。相手は勘定方の篠田主税様の娘らしいが、いまはもう少し自由の身でいたいし、生涯の伴侶《はんりょ》はおのれの目で見極めたい。

とにかく、いま言い付けられている役目を早く片づけなければならない。

そのためにも明日からの探索に力を入れるのだと、要之助はおのれに言い聞かせて目を閉じた。

その日も夕番で、四つ（午前十時）に登城して詰所に入った。泊番は帰ったあとだが、朝番の者がいるので詰所は人が多い。

要之助がいつもの定位置に座ると、先に来ていた崎村軍之助に呼ばれた。

「探索はどうなっておる？」

そばに行くなり、軍之助は赤ら顔を向けてきた。昨夜の酒が残っているらしく、少し息が臭かった。おそらく自分も酒臭いだろうと、要之助は内心で思う。

「調べはつづけていますが、まだこれといったことはわかっていません」

「わかっていることを教えろ」

軍之助はそう言って茶に口をつけた。要之助は昨日調べたことを詳《つまび》らかにしたが、源吉から聞いたことは確認できていないので伏せた。

「なんだ、ちっとも捗《はかど》ってはおらぬではないか」

「申しわけございませぬ。難渋はしていますが、少しずつ手掛かりはつかんでおります」

そこで、要之助は「あっ」と突然、腹を押さえて立ちあがった。

「いかがした？」

「申しわけありません。ちょっと……」

要之助はそのまま詰所を飛び出すと、ばたばたと厠《かわや》に急いだ。昨夜の酒のせいか、それとも肴《さかな》の食い合わせが悪かったのか腹を下した。ほっとして詰所に戻ると、軍之助が厳しい顔でにらんできた。

「申しわけありません。ちょっと腹の具合が……」

要之助が弱り顔で言い訳をすると、ぴしりと扇子で頭をたたかれた。

「痛《いて》ぇ……」

「話の途中で席を立つやつがあるか。無礼なことをしおって」

要之助はたたかれた頭を撫《な》でながら「どうかご容赦を」と頭を下げるが、なんと理不尽なことだと胸のうちでつぶやく。

「わしはきさまの面倒を見ることになっておるのだ。きさまのしくじりは、わしのしくじり。きさまの粗相は、わしの粗相になる。そのことよくよく心得よ」

「はは、よくよく気をつけます」

「流れ星が殺されて三日が過ぎた。馬方の内藤伊三郎の死体が発見されて二日がたっている。師走《しわす》の忙《せわ》しないこの時季に面倒なことではあるが、早く片づけなければならぬ。殿もご安心できないであろうからな」

「わたしも早く落着させたく思っております」

「逐一、その旨報告することを忘れるな」

「はは」

要之助がいつもの席に戻ると、西島主馬と青木清兵衛がやって来た。主馬は急いできたらしく息を切らし、汗をかいていた。

「流れ星と伊三郎の一件だが、おれたちに一任された。他の人たちはそれぞれやることがあり、忙しいらしい」

要之助は挨拶《あいさつ》も抜きに言った。

「師走でもありますからね。どうぞ」

清兵衛が言って、淹《い》れた茶を主馬にわたした。

「とにかく昨日申し合わせたとおりやるしかない。清兵衛、昨日も言ったが流れ星が死んだ夜に伊三郎が登城していないか調べてくれ。主馬、おぬしは元馬方の橋倉五郎に会って話を聞いてくれ」

「おぬしはどうするのだ？」

主馬がげじげじ眉《まゆ》を動かして見てくる。

「おれはもう一度伊三郎の近所の人から話を聞く。まだ聞いていない家がある」

「さようか。では、早速はじめるか」

五

要之助は城を出ると、外町にある内藤伊三郎の屋敷に向かった。空は雲が多く、その隙間から冬の日差しがのぞいていた。目白や鵯《ひよどり》の声が多く聞かれ、すっかり葉を落とした柿の木に、わずかな熟柿《じゅくし》が残っている。

伊三郎と同じ武家地に住むのはほとんどが下士だ。路地の両側に三十坪ほどの屋敷が建ち並んでいる。登城した者もいるが、非番の者もいる。

先日聞き込みを終えた家をのぞいて一軒一軒聞き込んでいくが、伊三郎と懇意にしていた者はいなかった。それでも同じ武家地のなかである。伊三郎が殺された夜に訪問者がいたかもしれない。そのことを聞いていった。

また、伊三郎と関わりのあった者を知りたかったが、聞き込みの成果はなかった。

要之助は武家地の外れにある石段に腰を下ろして煙草を喫《の》んだ。空は曇っているが、わずかな日差しがあるので、朝より暖かくなっている。

伊三郎は近所付き合いがほとんどなかった。とくにおかると離縁してからは、武家地内の者と疎遠になっている。城勤めを終えたあとは家に籠《こ》もり、非番の日も外出をすることは少なかったようだ。

(なにが楽しみで生きていたのだ)

そんな疑問が要之助の頭に浮かぶ。聞き込みを終えたあとで伊三郎のことを考えると、孤独な男だったという印象しかない。

煙管《キセル》の雁首《がんくび》を掌《てのひら》に打ちつけ、灰を転がしてふっと吹き飛ばした。そのとき、昨夜源吉から聞いたことを思いだした。伊三郎は若葉町の賭場《とば》に出入りしていた。つまり、博奕《ばくち》をやっていたのだ。それが楽しみだったのかもしれぬ。それに隣の家の主《あるじ》は、ときどき伊三郎が酒を飲んで帰ってくることがあったと言った。

そんなときには普段無口な男のくせに、声をかけてきたとも言った。酒を飲んで気分がよかったのは、博奕に勝ったときだったのかもしれぬ。

博奕は御法度だが、よほど問題が起きないかぎり不問にされている。藤田家の家臣のなかにも博奕好きが何人かいるし、同じ目付部屋にもそんな輩《やから》がいる。もっともそれは手遊《てすさ》びの程度だ。

「博奕か……」

要之助は腰をあげて城下町に足を向けた。

この時刻、往還を行き交うのは旅人や行商人、そして町屋の奉公人、大八を引く百姓だ。非番の侍もいるがその数は少ない。

風見川に架かる長さ八間（約十四・五メートル）の吾妻橋をわたると、両側にいろんな商家が建ち並んでいる。その分だけ人の数が増える。若葉町は東にある下町から高槻《たかつき》道を北へ向かったところにある。

上町の問屋場を過ぎたとき、要之助の足が緩んだ。すぐ先に小川屋があるからだ。表戸を開け放してあり、暖簾《のれん》が揺れている。

お菊の姿はなかった。暖簾越しに店のなかをのぞくと、帳場にお菊の母親が座って繕い物をしていた。

（いないのか……）

軽い落胆を覚え足を進めたとき、背後から声がかかった。

「夏目様……」

要之助の心の臓がびくんと跳ねた。振り返るまでもなくお菊だとわかった。

「今日はお休みですか？」

お菊が微笑を浮かべて脇の路地から出てきた。

「休みではない。ちょいと調べ物があるのだ」

「お役目中なのですね」

「ああ」

このまま別れるのはもったいない。

「暇なのかい。もし、よかったら茶でもどうだ」

要之助は近くの茶屋を見て誘った。

「はい。いまひと仕事終えたところなので、少し休もうと思っていたところです」

お菊は笑顔を絶やさず近づいてくる。要之助は茶屋に誘い、同じ床几《しょうぎ》に並んで腰掛け、店の小女に茶を注文した。

「どんな調べ物かしら？」

お菊が見つめるような眼差《まなざ》しを向けてくる。

「うむ、人を捜しているのだ。あまり他言できぬことでな」

家中の事件はあまり大っぴらにはできない。

「お役目、大変なのですね」

「いろいろあるからな。商売はどうなんだね？」

「よくも悪くもないといった按配《あんばい》です。もうすぐお正月なので、少し忙しくなっていますけれど……」

「お菊はいまいくつになるのだ？」

「十九です」

「いい年頃だな。いつ嫁に行ってもいい歳だ」

とたんにお菊は笑みを消してうつむき、顔を曇らせた。

「どうした。なにか心配事でもあるのか？」

「おとっつぁんの跡を継ぐ人がいるんですけれど、帰ってこないのです」

父親の跡を継ぐということは、お菊の亭主になる男かもしれない。

「いずれは、どこにも引けを取らない菓子を作って商売を大きくしようと、京に修業に行っているんです。今年の夏には帰ってくるはずだったのに、沙汰《さた》なしなのです。わたしたち母娘《おやこ》で切り盛りしていますが、やはり男手があるのとないのでは違います」

「なるほど……」

要之助は茶をすすった。あまり茶の味がしなかった。

「いまお店では飴《あめ》の他に菓子や饅頭《まんじゅう》を売っていますけれど、それもその方の考えなのです。おかげで以前より商売はよくなりました。近くの村の人も頼んだ菓子を作ってくれて助かっていますけれど、味がまちまちなので苦心しているのです」

「すると京で修業している職人が帰ってくれれば助かるのだな」

「はい、早く帰ってきてもらわないと……。もう年の暮れですし」

「腕のいい職人なんだな。歳はいくつだね？」

お菊は顔をあげて要之助をしげしげと眺め、要之助と同じぐらいだと言った。

「名はなんと言うんだ？」

「佐吉《さきち》さんとおっしゃいます」

「いい男なんだろうな」

「志の高い真面目な人です」

「もしや、お菊はその佐吉といっしょに……」

お菊は否定するように首を振った。

「わたしはほんとうは、夏目様のようなお武家に嫁ぎたいと思っています。でも、小さな町の商売屋の娘ですから難しいことです」

「そんなことはない。商家の娘を嫁にする者もいる」

お菊は少し驚いたような顔をした。

「わたしのような女でも、お武家の嫁になれるのですか？」

「なれる」

「それじゃ夏目様のお嫁様にも……」

お菊が見つめてくるので、要之助は視線を逸《そ》らし「さあ、それはなんとも言え

ぬ」と、言葉を濁し、

「その佐吉が早く帰ってくればよいな」

と、言った。

「そう願っているのですけれど、なんの沙汰もないのが気になって……」

「真面目な男ならきっと帰ってくるだろう。修業が厳しいのではないか」

「そうかもしれませんけれど、病にかかり倒れていやしないだろうか、もしや遊びほうけているのではないかと心配しています。あ、お役目中でしたね。お仕事は大変なんでしょう」

「まあ大変かもしれねえな。前のお役がよかったんだが……」

要之助は砕けた口調で応じた。役目中や相手によっては武士言葉を使うが、一旦《いったん》仕事を離れたときは町人言葉になる。そのほうが楽なのだ。

「前はどんなお役目だったのです」

「領内に役所を持つ郡《こおり》奉行の下役だった。のんびりした役目でな。村をまわって田畑を眺め、百姓らから話を聞くぐらいのもんで、ときどき村の子供たちと相撲を取ったりして遊んでやったりもした。ところが見廻《みまわ》りの途中で、肥溜《こえだ》めに落っこって糞《くそ》まみれになったことがある」

「まあ」

「もう足の先から頭のてっぺんまで糞だらけだ。それで役所に戻ったら嫌がられるから、近くの川で体を洗ったが、いやあ臭いのは取れねえ。しかたなく役所に戻ると、みんな臭い臭いと行って逃げまわるんだ」

お菊はくすくすと笑った。

「いや、ほんとだ。それから百姓の家に寄ると、昼間っから酒を出してくれるときがある。まあ役目中だから遠慮はするが、勧められると断れなくて飲んじまう。飲むと眠くなるからごろっと昼寝だ。そこを上役に見つかって大目玉だ。あたりまえだわな。さんざん叱られたね。それから、子供が川に下駄《げた》を落としたので、釣竿《つりざお》を使って取ってやろうとしていると、また上役が来て、こら役目中に釣りなどをしおってと、また大目玉だ。言い訳なんか聞いちゃくれない。夏の暑い盛りに村をまわっていると喉《のど》が渇く。それで畑の西瓜《すいか》を一個だけ頂戴《ちょうだい》して、むしゃむしゃ食ったことがある。それを見た百姓が役所に訴えて、またまた大目玉だ。まあご難つづきだったけど楽しかった」

お菊は片手で口を押さえてくすくす笑っている。

「それでいまのお役になったのはどうしてです？」

「まあ、体のよい左遷だな。まわりは城勤めになるから出世だと言ったが、とんでもねえことだった。前より厳しい上役ばかりで、自由は利かないし、つぎからつぎと仕事を押しつけられる。体を休める暇もない。油断すると頭ごなしに怒鳴られる。まあ楽をしようと思うのが間違いなんだろうけど、城詰めの侍ってぇのはそんなもんさ」

要之助が自嘲《じちょう》の笑みを浮かべると、お菊が笑みを浮かべたまま見てくる。

「夏目様って、面白い人。もっと堅苦しい方かと思っていました」

「肩の凝るような堅苦しいのはおれの性に合わねえんだ。だけど、そうはできねえ身のつらさよ」

要之助はハハハと自嘲した。

「夏目様、またいろいろと話を聞かせていただけませんか。わたし、夏目様のことをいろいろ知りたくなりました」

「ああ、いつでもかまわねえさ」

「お勤め大変でしょうが、また遊びにいらしてください」

お菊はにこやかな顔で立ちあがると、そのまま店に向かい、また振り返って笑顔を向けてきた。

六

道草を食った要之助は、お菊と別れると、気を引き締め直して役目に戻った。

源吉から聞いた賭場《とば》は、たしかに若葉町にあった。近所の商家で聞き込みをしてそれはすぐにわかった。半年前まで金物屋だったその店は、いまだ借り手がなく空き家のままだ。

店と住まいを兼ねた店なのでそこそこの広さがあり、賭場を仕切る地廻《じまわ》りが勝手に使っているようだが、ここ半月ほどは人の出入りがないとわかった。

「通っている者を誰か知らぬか？」

教えてくれた履物屋の主《あるじ》に尋ねると、

「出入りするのはあまり素性のよろしくない人たちばかりですから、手前は見て見ぬ振りをしております。ですが、賭場を仕切っているのは大工崩れの六蔵《ろくぞう》という男です」

「六蔵……その男の住まいはわかるか？」

「日吉《ひよし》村だと聞いていますが、村のどこかまでは……」

履物屋の主は首をひねった。

要之助は礼を言って日吉村に足を運んだ。若葉町の先が日吉村である。庄屋《しょうや》を訪ねて大工崩れの六蔵を知っていないかと聞くと、すぐに住まいがわかった。庄屋は六蔵がなにかしでかしたかと聞いてきたが、要之助は聞きたいことがあるだけだと答えた。

六蔵の家の戸口で声をかけると女の声がして、やがて戸が開かれた。三十路《みそじ》過ぎの化粧の濃い女が褞袍《どてら》を引っかけたまま出てきて、要之助に訝《いぶか》しそうな目を向けた。

「お役人ですか？」

「目付の夏目要之助と申す。六蔵はいるか」

要之助は嘗《な》められないように「徒《かち》」を省いた。こういうことは先輩から教えられたことだ。女は奥に引っ込み、すぐに戻ってきた。

「いますけど、どんなご用でしょう？」

「おまえでは話にならぬ。六蔵を出してくれ。聞きたいことがあるだけだ。他に用はない」

女はひょいと首をすくめ、また奥に戻った。待たされることなく六蔵が出てきた。黄八丈《きはちじょう》の綿入れを着込んだ痩《や》せた男だった。歳は四十前後だろうか、切れ長の目に警戒の色を浮かべていた。

「どんなご用で？」

膝《ひざ》をついて六蔵は見てくる。

「内藤伊三郎という馬方が、おまえの賭場に出入りしていたはずだ。今日は人捜しできているので賭場についていては不問にいたすゆえ、正直に話せ」

六蔵は短く視線を彷徨《さまよ》わせて、

「馬方かどうか知りませんが、伊三郎という男なら知っています」

六蔵は色が黒くて四角い下駄《げた》面《づら》ならそうだと言う。

「その伊三郎に相違ないようだ。伊三郎はいつもひとりだったか、それとも連れがあっただろうか？」

「ひとりでしたよ。ふらっとやって来て、しょぼい賭《か》けをしてました。ですが、ここしばらく顔を見ておりません。お目付様が見えるってことはなにかあったんでござんすか？」

「伊三郎と仲のいい者か、よく話をしていた者を知っているなら教えてもらいたい」

要之助は六蔵の問いには答えずに言った。

六蔵は削《そ》げた頰を撫《な》でて少し考えた。

「あの男があっしのとこに来たのは半年ほど前でしたが、二月ばかり前からぱったりです。ひょっとすると下町に通っているのかもしれません」

「下町のどこかわかるか？」

「下町の水《すい》神社のそばに惣兵衛《そうべえ》というがめつい爺《じじい》がいます。その惣兵衛の家です。遊びは夜だけですぜ」

六蔵は要之助を値踏みするように見てからそう答えた。

「では、惣兵衛の家に行ってみよう」

そのまま六蔵の家をあとにすると、下町の惣兵衛の家に向かった。下町の水神社の近くはごみごみとした小店が並ぶ色町だ。夜になれば夜鷹《よたか》まがいの女がうろつき、飲み屋には色を売る女を置いている。

惣兵衛は家にいた。六蔵が爺だと言ったように、六十近い年寄りだった。

「伊三郎なら知ってますよ。うちで二十両のつけをしてしらばっくれた男です。ところが四日ほど前に耳揃えて持ってきましてね」

要之助は眉宇《びう》をひそめた。二十両は大金だ。馬方の男が払える金高ではない。それを耳を揃えて払っている。どういうことだ、と要之助は内心で疑問をつぶやいた。しかも四日前といえば、伊三郎の死体が発見される一日前だ。

「まあ、みすぼらしい野郎だと思っていたら、律儀な男でした。あの男がなにかやらかしましたか？」

「会って聞きたいことがあるだけだ」

要之助は殺されたとは言わずにそう答えた。

「伊三郎はいつもひとりだったか。それとも連れがあったか……」

「連れはいませんでしたよ」

要之助は惣兵衛のしわ深い顔を見て、またなにか聞きに来るかもしれぬと言って表に戻った。さっきまで雲の切れ目から日が差していたが、その空は黒い雲に覆われていた。雪が降るのかもしれない。

城に戻りながら伊三郎はどうやって二十両の大金を作ったのだと考えた。馬方に簡単に作れる金ではない。六蔵の賭場でもそんな稼ぎはしていないようだから、なにか裏があるはずだ。

それはいったいなんだ？　おのれの胸に問うが答えは出ない。

小川屋の前に来たとき一度足を止めた。お菊とお鶴が客とおしゃべりに夢中になっていた。声をかけたかったが、そのまま城に戻った。

「要之助、橋倉五郎はあやしい」

詰所に入るなり、主馬がすり寄ってきて耳打ちするように言った。

「どういうことだ？」

「橋倉五郎が伊三郎と刃傷《にんじょう》に及びそうになる喧嘩《けんか》をしていたのがわかった」

要之助はそう言った主馬の顔をまじまじと眺めた。

第五章　非番でも泣き言いえぬ身のつらさ

一

「それはいつのことだ？」

要之助は主馬を直視して聞いた。

「一月前ぐらいだったらしい。橋倉は馬方から徒組《かち》に移ったが、それもしばらくのことで仙癪《せんしゃく》を患ったという訳合いで暇を願い出てやめている」

つまり、橋倉五郎は辞職したということである。

「それで橋倉はいまどこに？」

「わからぬ」

要之助はうなったあとで、

「橋倉を捜すしかないが、伊三郎のことが少しわかりかけてきた」

そう言って調べてきたことを話した。

「二十両のつけを一度に払ったのか……」

主馬は驚き顔をした。

「伊三郎は二十俵一人扶持《ぶち》の馬方だった。そんな男が二十両という大金をこさえたというのが信じられぬ。他の賭場《とば》で大勝ちしたのかもしれぬが、二十両をこさえるのはなまなかではない」

「それは手掛かりになりそうだな。ともあれ、おれは橋倉五郎を捜すことにする」

主馬はやる気を見せている。そこへ、清兵衛が詰所に戻ってきた。

「いやいや、ほうぼうを走りまわりました」

清兵衛はそう言って二人の前に座り、

「やはり件《くだん》の夜に、内藤伊三郎は登城していないようです。畢竟《ひっきょう》、伊三郎が流れ星を手にかけたというのは難しいはずです」

と、言って手焙《てあぶ》りに手をかざした。

「新たなことがわかった」

要之助はそう言って、自分と主馬が調べてきたことを話した。

「橋倉五郎が伊三郎と喧嘩を……それはどなたにお聞きになったので？」

清兵衛は主馬を見て問うた。

「橋倉は馬預《うまあずかり》の山本芳右衛門《やまもとよしえもん》様に願いを出し、そのうえで徒衆《かちしゅう》にまわされていたが、ほどなくしてやめている。喧嘩沙汰《ざた》を起こしたのは橋倉が役目をやめたあとだ」

主馬は一度茶に口をつけてつづけた。

「刃傷沙汰を起こしそうになったのは、坂下門前の路上だ。通りがかった徒衆が止めに入り事なきを得てはいるが、喧嘩を売ったのは橋倉のほうだ」

「すると橋倉には伊三郎になにか遺恨があったということでしょうか」

「おそらくそうであろう」

「流れ星のことはともかく、伊三郎殺しは橋倉かもしれぬ。主馬、清兵衛、おぬしらは橋倉五郎を捜してくれぬか。おれはもう少し伊三郎の詮議《せんぎ》をつづける」

要之助はそう言って腰をあげた。三人はそのまま詰所を出た。

要之助は厩《うまや》に向かいながら鉛色の雲に覆われている空を見あげた。寒さが増している。やはり、雪が降るのかもしれない。

厩までは二つの門をくぐる。いずれも門内は枡形《ますがた》の空間で石垣の上には櫓《やぐら》があり、矢や鉄砲を放つ狭間《さま》があり、敵の侵入に備える造りになっている。

厩に行くと、増田栄蔵と清水甚太郎の他に二人の男がいた。四人は厩の掃除をしているところだった。

要之助が声をかけると、その四人がいっせいに顔を向けてきた。

「新しい馬方か……」

要之助は新入りの二人を見て言った。

「ようやく人が足りるようになりました」

栄蔵がそう言って、小屋から出てきた。流れ星のいた厩は空っぽだ。

「なにかわかりましたか？」

「少し暇をもらいたい。手間は取らせぬ」

要之助は栄蔵に言って、甚太郎にも声をかけ表に出てきてくれと促した。そのまま近くの腰掛けに座り、伊三郎のことを口にした。

「正直に答えてもらいたい。伊三郎はどうやらおぬしらとそりが合わなかったようだな。さように聞いておる」

要之助はもはや気を使うことはないと思い、伊三郎の元妻だったおかるから聞いたことを話した。

「おぬしらのことを、あれやこれやと愚痴っていたそうだ」

栄蔵と甚太郎は顔を見合わせた。

「それは言い掛かりです。拙者らは平等に仕事を振り分けていました」

甚太郎が心外だという顔で言った。

「死んだ者の悪口は言いたくありませぬが、伊三郎は陰気な男で、なにをやるにしても不満そうな顔をしながらぶつぶつ小言を言うんです。そんな調子ですから、拙者はあまり話をしなくなりました」

「なんにしても、拙者らに言われなければ動かないような男でしたから。まあ、陰で拙者らの悪口を言っているだろうなと思ってはいましたが……」

栄蔵が言葉を添えた。

「伊三郎と揉《も》めたようなことはなかったか？」

要之助は二人の顔を眺めて聞く。

「ひとつの仕事をやるやらないといった程度のことはありましたが、あんまり伊三郎が嫌がるようなときは、しかたなく拙者らがやっていました。そうだな」

栄蔵が甚太郎を見て言った。甚太郎はうなずいた。嘘を言っているようではない。

「橋倉五郎という馬方がいたらしいが、橋倉と伊三郎の仲はどうであった？」

「よくありませんでした。橋倉は伊三郎を嫌っていました。馬方から徒組に移ったのもそのせいなのです」

栄蔵が鼻の脇にある黒子《ほくろ》をこすりながら言った。

「伊三郎が離縁したおかるという元妻は、橋倉はときどき酒を持って飲みに来ていたと話しているが……」

「それは以前のことでしょう。なにがあったのかわかりませぬが、去年の暮れあたりから二人は口も利いていないようでした」

「その橋倉と伊三郎が斬り合いになりそうな喧嘩《けんか》をしたらしいが、知っておるか？」

二人は驚いたように顔を見合わせた。

「いえ、いつのことでございます？」

甚太郎だった。

「一月ほど前のことだ。坂下門の近くだったらしい。さいわい通りがかった徒衆に止められ事なきを得たようだが……」

「それは知りませんでした」

栄蔵が目をしばたたきながら言った。

「橋倉が馬方から徒組に移ったのは五月だったらしいな」

「伊三郎がいるからいたくなかったんです。拙者らはどうせなら伊三郎が移ってくれればよかったと思っていました」

「されど、そうはならなかった。そして、橋倉は徒組《かち》に移って間もなく奉公から身を退いている。そのことは知っておったか？」

「それとなく耳にいたしておりますが、その後のことはわかりませんで……」

甚太郎が答えた。

「それから伊三郎は賭場に出入りしていた。そして賭場に二十両の借金があった」

「あの男が博奕《ばくち》を……」

甚太郎は知らなかったのか、そんなことはおくびにも出さなかったと付け足した。

「その二十両の借金を、伊三郎は耳を揃えて返している。どこでその大金を拵《こしら》えたか見当はつかぬか」

「あの男にそんな大金が作れるとは思いも及ばぬことです。まことでございまするか？」

「わからぬか……」

要之助はそこで二人への訊問《じんもん》を切りあげた。

二

「姉さん、なんで表ばかり見ているのよ？　風が入ってきて寒いわ」

お菊はお鶴に声をかけられて振り返った。

「客の入りが悪いからよ。寒いせいかしら」

お菊は戸を閉めて上がり框《がまち》に腰を下ろした。

「誰かを捜しているみたいに見えたわ。佐吉さんのことならもうあてにしないほうがよくて……」

お菊は帳場にいるお鶴を見た。

「もうこの店を見限ったのよ。わたしはなんだかそんな気がする。京は華やかでしょうし、住み心地もいいんじゃないのかしら」

「待ち人来たらずとはこのことだわね。まあ、わたしゃこうなるんじゃないかと思っていたけど」

母のおしげが茶を淹《い》れながら言葉を足した。

「それでもあんたはあきらめちゃいないんだね」

「だって、この店を大きくするためには男手が必要よ。わたしたちだけじゃ、これ以上のことはできないじゃない」

お菊は言葉を返した。

「わたしはこのままでもいいわ」

お鶴は佐吉を見放したようなことを言う。

「そうね。佐吉さんを頼みにするほうがよくないのね」

お菊はそう言うが、内心では佐吉でなくても男手があったほうがいいと思う。それに女三人暮らしは物騒でもある。

「藤田のお殿様の御用達《ごようたし》になりたいというのが、おとっつぁんの夢だったけど、一筋縄ではいかないわね」

「お城に売り込みをしてみたらどうかしら」

お鶴が思いついたようなことを口にした。

「お城に……どうやって……」

「夏目様とおっしゃるお目付に頼んで、橋渡しをしてもらうとか」

「そんなに簡単にはいかないわよ。それに夏目様はそんなこと請けてくださらないわよ」

「難しいだろうね」

おしげがあっさり切り捨てたことを言う。

「でもね、夏目様は楽しい人よ。堅苦しいお武家だと思っていたら、とっても気さくな方だったわ」

「会ったの？」

お鶴がまばたきしながら見てくる。

「昼間、お使いの帰りにばったり会って、そこの茶屋でお茶をいただいたの。お役目の話をなさって、わたしおかしくて……」

お菊はそう言って思い出し笑いをした。

「どんな話？」

「まあ、わたしが話してもおかしくないわよ。でも、楽しい人よ。また遊びに来てくれるはずよ」

「だったらうちの菓子も買ってもらわなきゃね」

おしげはちゃっかりしたことを言う。

「また買ってくださるわよ。でもね、わたし聞いたの。お武家の家にわたしみたいな商家の娘が嫁げるのかと。そしたら嫁げるとおっしゃったわ」

「まさか姉さん、夏目様と……」

「馬鹿言わないで。例えばの話よ。でもね、お武家に嫁いだらどうなるのかしら？」

「苦労するだけだよ。お武家のしきたりや作法も知らないで務まるわけがない」

おしげは否定する。

「そうかしら。商家の娘が輿入《こしい》れをすることもあるようだから。相手によりけりじゃないの」

「姉さん、その気になっているの？　夏目様は独り身なの？」

お鶴がお菊に問うた。

「それは聞いていないけど、おそらくそうだと思う」

「だったら姉さん、夏目さんを口説いてみたらどう。もし、姉さんが夏目様のお嫁になったら、お武家の親戚《しんせき》ができることになるわ」

「お鶴、冗談をお言いでないよ。お武家の親戚なんかできたら面倒に決まってるよ」

おしげは窘《たしな》めるが、お菊は自分が侍の妻になったところを想像してみた。それはときどき町中で見かける凜《りん》とした貞淑な妻である。だが、屋敷でどんな暮らしをしているのかまでは想像できない。

「今度夏目様が見えたら、もっと詳しく聞いてみようかしら……」

お菊がつぶやくように言うと、

「あきれるね、まったくおまえたちには」

と、おしげが言って、ため息をついた。

「それにしても今日は暇だわね」

お菊は立ちあがって戸を引き開けた。ひょっとして夏目要之助が歩いていやしないかと思ったが、その姿はなかった。

「あら、雪が降ってきたわ」

お菊はそう言って空を眺めた。

三

雪がちらついてきた。

要之助は大手門を出たところで立ち止まって、雪を降らす空を見あげた。声をかけられたのはそのときだった。

「そのほう」

要之助が声のほうを振り返ると、あきらかに重役らしき男が立っていた。供連れがさっと傘を開いてその男に差しかけた。

「わたくしめでございまするか……」

「加山組の者だな。流れ星のことはどうなっておる？」

そう聞かれた要之助は少し戸惑った。

「畏《おそ》れながらどなた様でございましたか？」

問うと、相手は露骨にいやな顔をした。

「武具奉行山本芳右衛門だ。馬預《うまあずかり》の加役もしておる。そのほう名は？」

「はは、夏目要之助と申します」

要之助は頭を下げて答え、この人が山本芳右衛門だったかと思った。目の下がたるみ、鼻の脇のしわが深く、唇が薄い。齢《よわい》五十は過ぎていそうだ。

「流れ星の死の謎を加山組の者が調べていると聞いたが、そなたはかかずらわっておらぬのか？」

「いえ、わたしは仰せつかっている者です」

「さようであったか。殿は心を痛めておられる。よくよく詮議《せんぎ》し、よきに取り計らえ」

「御意にござりまする」

要之助が再び頭を下げると、山本芳右衛門はそのまま大手門をくぐって城内に入った。その後ろ姿を見送りながら、あの人が馬役を差配しているのかと思った。

そのまま城下に向かったが、伊三郎が飲みに行った店を探すには少し早いと気づく。狸という居酒屋のことはわかったが、伊三郎がその店に通ったのは月に二、三度である。

伊三郎はそれ以外の日は、表で酒は飲んでいなかったのか？

素朴な疑問だったが、歩いているうちに大事なことのような気がした。

「待てよ」

立ち止まると、来た道を引き返した。

足を運んだのは伊三郎が住んでいた武家地だ。生け垣にちらつく雪が積もりはじめていたが、傘を差すほどの降りではなかった。

訪ねたのは伊三郎が住んでいた向かいの家だった。

「飲みに行っていたのは狸という安い居酒屋だったのだが……」

「ここ半月ほどはよく飲みに行っていたようです。それがしは酔って帰ってくる伊三郎さんを何度か見ています」

要之助の疑問に答えるのは、非番で休んでいた家の主《あるじ》だった。徒組《かち》のひとりだ。

「よくそんな金があったものだ」

「この頃は、妙に羽振りがよくなったと羨《うらや》ましく思っていたのです」

それはおかしい。伊三郎は惣兵衛の仕切る賭場《とば》に二十両の借金があったのだ。

「伊三郎が博奕《ばくち》好きだったことは知っていたかね」

「いいえ、そんなことは知りませんでした。あの人、博奕をやっていたのですか？」

主は意外だという顔をした。

「どうもそうらしい」

「すると博奕で儲《もう》けたんでしょうかね」

「しつこいようだが、伊三郎が殺された晩に誰か訪ねた者はいなかっただろうか？」

「それは気づいておりません」

「見張っていたわけではないだろうから、もっともなことだな」

要之助は他に聞くことはないだろうかと考えたが、思いつかないのでそのまま無礼を謝り表に出た。

伊三郎はここ半月ほどたびたび表で飲んでいた。それは一度訪ねた「狸」ではないということだ。ならばどこの店だ。その店を探さなければならない。

表の往還に出た要之助は、雪を降らす空を見た。ちらついていた雪は綿雪になり、白い蝶《ちょう》が舞うように降っていた。

昼下がりに降った雪は、地表を薄く覆っただけで夕刻にはやみ、西の空から筒状の光の束が差した。

要之助は再度、下町の賭場を仕切っている惣兵衛に会い、内藤伊三郎がどこでどうやって二十両という大金を工面したかと聞いたが、返答はつれなかった。

「そんなことは気にもしませんで。こっちは貸した金を返してもらえればいいだけの話ですからね」

それはそうであろう。貸主が返済の金の出所など聞いても詮無《せんな》いことだ。

要之助はなんの収穫もなく引き返すしかなかった。途中で小川屋の前を通ったが、天気のせいで表戸は閉められていた。訪ねて茶飲み話でもしようかと思いもしたが、探索に行き詰まっているいまは浮かれ気分になれない。

城に戻る途中、主馬と清兵衛の調べを気にしながら、伊三郎のことを考えた。

二十両という金の出所もあるが、なぜ伊三郎は殺されなければならなかったのだ。そして、誰が伊三郎を手にかけたのか。謎は解けぬままである。

さりながら、下手人のことを伊三郎は知っていたはずだ。そうでなければ抵抗した跡があるはず。しかし、伊三郎の家に争った形跡はなかったし、伊三郎の着物もさほど乱れてはいなかった。

下手人は茶碗酒《ちゃわんざけ》を飲んでいた伊三郎の背後にまわり、悲鳴が漏れぬように口を塞《ふさ》ぎ、一気に喉笛《のどぶえ》をかっ斬った。そして、使った得物をそのまま持って闇のなかに消えた。いったいそいつは何者だ？

「わからぬ……」

要之助は思わず声を漏らした。気がついたときには坂下門の前に来ていた。そのままだらだらとした坂を上り、大手門をくぐって詰所に戻った。

主馬と清兵衛はいなかった。詰めている同輩らが隣にある目付部屋を行き来したり、廊下に出て行ったりしていた。調べ物をまとめているのか、文机《ふづくえ》について一心に書き物をしている者もいる。

丸火鉢が二つ、手焙《てあぶ》りが三つ。寒い表から帰ってくると詰所のなかは居心地がよい。あいにくの天気のせいで、白い障子が表の光を遮り、詰所は薄暗かった。

茶を飲みながら、伊三郎が通った店を探さなければならないと考える。いずれにしろ安い店だろうが、探すのは日が暮れたあとでいい。今夜も家に帰るのは遅くなりそうだ。そう考えると、我知らずため息が漏れる。

主馬と清兵衛が戻ってきたのは、それからしばらくしてからだった。

「橋倉五郎はすでに拝領屋敷を出ていて行方がわからなかったが、浜ではたらいているらしい」

「浜で……」

要之助は鸚鵡《おうむ》返《がえ》しに言って主馬を見た。城下から半里ほど行ったところに津出しをする港がある。

「河岸人足をやっているらしい。これからでは遅いので明日にでも行ってみるつもりだ」

「それから橋倉が内藤伊三郎と喧嘩沙汰《けんかざた》を起こしたのは、金のことだったようです。その仔細《しさい》はよくわかりませんが、伊三郎と同じ徒組にいた者の話では、橋倉が伊三郎に金を借りようとしたところ、すげなく断られたからのようです。橋倉は喧嘩沙汰を起こす前に、そんなことを愚痴っていたらしいのです」

清兵衛が言った。

「橋倉が伊三郎に金を……」

伊三郎は他人に無心されるほど余裕はなかったはずだ。しかれど、二十両という大金を拵《こしら》えている。

「伊三郎の禄《ろく》は知れている。そんな男に金の無心をするというのは、橋倉はよほど金に窮していたのだろう。もっとも藩の勤めを致仕したあとだから金はなかっただろうが……」

主馬があきれ顔で言って茶に口をつけた。

「橋倉は伊三郎を嫌っていたという話でしたね。それなのに金を無心するのはおかしくはありませんか。伊三郎になにか貸しでもあったのかもしれませんが……」

要之助はこれまで聞き込んできたことを反芻《はんすう》してから口を開いた。

「伊三郎と橋倉は以前は仲がよかったようだ。橋倉は酒を持って伊三郎を訪ねていたほどだ。いつなんのわけで仲違《なかたが》いしたのかわからぬが、ひょっとすると二人の間に金の貸し借りがあったのかもしれぬ」

「それで、いま頃になって橋倉は金を借りようとしたが、伊三郎に断られ腹を立てて刃傷《にんじょう》に及びそうになった。それが一月ほど前だ。そして、伊三郎は殺された」

要之助はそう言う主馬の顔をじっと眺めた。主馬は垂れたげじげじ眉《まゆ》を動かしながらつづける。

「二人は互いの顔を知っていた。仲違いをしていたとしても、伊三郎は橋倉への警戒心はなかった。まさか、殺しに来たとは考えてもいなかった。そして橋倉は伊三郎が油断する話を持ちかけ、背後にまわり込みひと思いに首を斬った。伊三郎は抗《あらが》う術《すべ》もなくそのまま果ててしまった」

「もし、そうだとするなら、橋倉は相当執念深い男ということになる」

「執念深かったのだろう。下手人は橋倉五郎と考えてもいいはずだ」

主馬は断言するように言って、言葉を足した。

「世間には些細《ささい》な金の貸し借りで人を殺すやつがいる。橋倉もそういうやつだった」

「もし、そうならこの一件はすぐに片がつくことになるが、橋倉が下手人だとするたしかな証拠がなければ、追い詰めることはできぬ」

「要之助、難しく考えることはなかろう。明日、橋倉を捕まえて問い詰めればすむことだ。そうではないか……」

主馬は据わったような目を要之助に向けた。

「橋倉は浜で人足をやっているらしいが、それはたしかなことだろうな」

「明日、浜に行けばわかることだ」

清兵衛もそうだという顔でうなずいた。

「ふむ」

「なんだ、気に入らぬか。そんな顔をしておるが……」

主馬がにらんでくる。

「いや、おぬしの推量どおりなら、この一件は明日には片がつくということだ」

「そうなるとおれは信じておる」

四

要之助が下城したのは七つ半（午後五時）過ぎだった。すでに日は暮れ、あたりには薄闇が漂っていた。伊三郎の通っていた店を探すために町に足を向ける。

主馬と清兵衛は疲れた顔をしていたのであえて誘わなかった。誘ったとしても、主馬は付き合わなかっただろう。

宵闇の漂う城下町には行き交う黒い影があった。その数は多くない。多くの商家は戸を閉めており、料理屋や旅籠《はたご》、あるいは居酒屋のあかりが雪を被《かぶ》った白い道に縞目《しまめ》を作っていた。

要之助は本町から下町まで、伊三郎が通っていただろうと思われる居酒屋を一軒一軒訪ねていった。酒を提供する飯屋やうどん屋にも聞き込みをかけたが、内藤伊三郎が来ていた店はなかった。

少し足を延ばし、宿場通りの裏町にも足を運んだがいずれも期待外れだった。

大和町から巽町を抜けて表通りに出、往還を後戻りした。小川屋の近くで足をゆるめたが、やはり表戸は閉まっていた。聞き込みの成果がないので、お菊の顔でも見れば、少しは気持ちが癒《い》やされると思ったが、それもあて外れのようだ。

吾妻橋の近くまで来たとき、どこからともなく小さな三味の音が聞こえてきた。本町と東山町には芸者を置く一流の料理屋が何軒かある。三味の音はそんな店から聞こえてくるのだ。

要之助が立ち寄れる店ではない。当然、内藤伊三郎には無理なことだ。それでも、要之助はそんな店のそばまで行って立ち止まった。

三味の音に混じって華やいだ女の声と、数人の男たちの笑い声が聞こえてきた。藩の重役か城下の金持ちが遊ぶ店だ。

夏目家は家禄《かろく》三百石だからその気になれば入れる店だが、入ったとしても肩身の狭い思いをするだけだろう。客のほとんどは家老やそれに近い身分の者だと決まっている。

それにしても父は禄三百石の家柄なのに、郡奉行へ出世した。果たして自分も奉行職に就けるだろうかと訝《いぶか》しむ。出世はなによりだが、そのためには主君の御為を思い、国の御為を思って精勤しなければならない。

――主君への忠誠を忘れず、いかなる面倒なことでもやり遂げようという気概がなければならぬ。武士の務めは主君への役儀だということを忘れてはならぬ。

要之助は家路につきながら亡き父の言葉を思い出し、やれやれと首を振る。

(侍とはつらいものだ)

そう思わずにはいられない。

空は暗く月も星も見えないが、仄《ほの》かな雪あかりに助けられていた。今度からは夜の探索には提灯《ちょうちん》を忘れてはならぬと、自分を戒める。もっとも明日、橋倉五郎が伊三郎殺しを認めれば一件落着で、しばらくはその用もないだろうと考えもする。

吾妻橋をわたり東山町までくると、自宅屋敷につづく路地に入った。雪を被った道がぼんやりと暗がりに浮かび、先のほうまでつづいている。

三味の音が聞こえなくなったとき、背後に人の気配を感じた。振り返ると黒い影があった。自分と同じように提灯を持たずに出かけた者だろう。

要之助はそのまま足を進めたが、背後の影が近づいてくるのがわかった。誰だろうと振り返ったとき、黒い影の手許《てもと》が素速く動き、刀が抜かれたのがわかった。

「なにやつ」

小さく吐き捨てたときには、影は間合いを詰めてきて大上段から斬り込んできた。

要之助はとっさに跳びしさり刀に手をかけた。背後は低い石垣で、その上は犬槙《いぬまき》の生け垣だ。

黒い影は間髪を容《い》れずに斬り込んできた。要之助は横に跳びながら刀を抜き、低く腰を落として、いまにも斬りかかってきそうな影に刀を向けた。

黒い影は八相に構えたまま右にまわった。要之助はそれに合わせて刀を動かす。

「なにやつ？」

闇討ちをかけられたという憤りと恐怖のせいか、声がかすれていた。黒い影は無言のまま袈裟《けさ》懸《が》けに斬り込んできた。要之助が横に打ち払うと、すぐさま体勢を整えて突きを見舞ってくる。要之助は跳びしさりながら、相手の手首を断ち斬るように刀を振った。

黒い影はすかさず身を引き、そのまま数歩下がった。要之助が間合いを詰めようとすると、相手は身を翻して表の道に向かって駆け去った。そして、途中でしゃがんだかと思うとすぐに立ちあがり、やがてその影は闇に溶け込んで見えなくなった。

「いったい誰だ」

要之助はつぶやきを漏らして刀を鞘《さや》に納めた。心の臓が激しく脈打ち、息があがっていた。

家に戻ると、そのまま台所に行き、柄杓《ひしゃく》で掬《すく》った水を喉《のど》を鳴らして飲んだ。

「いったいこんな遅くにどうしたのです？」

座敷にいた千代が茶の間にきて声をかけた。

「なんでもありませぬ」

闇討ちをかけられたと言えば、千代が心配するのがわかっているのでそう言った。

「ずいぶんな慌てようではありませぬか」

「提灯がなかったので急ぎ帰って来ただけです。心配には及びません」

要之助は手の甲で口をぬぐった。

「こんな夜に提灯も持たずに歩くなんて、不用心すぎるのではありませんか。おまえ様のお父上はそんなずぼらなことはされませんでしたよ」

「父上とわたしは違います。それに、行きがかり上提灯の支度ができなかったのです」

「備えを怠るからそうなるのです」

「ああ、わかりました。今度からは怠りなくやることにしますよ。なんでもかんでも父上と比べないでください」

要之助が声を荒らげると、千代はむすっとした顔で黙り込んだ。

「兄上」

座敷にあがると、鈴が近寄ってきた。

「なんだ？」

「母上は兄上のことが心配だからおっしゃるのよ。もう少し考えてくださいな」

「ああ、わかっているよ」

要之助がふくれ面で腰を下ろすと、鈴も前に座った。

「わたし、兄上を見かけましたよ」

「ほう、どこで？」

鈴はにこにこと楽しそうな笑みを浮かべた。

「茶屋で女の方と話していたでしょう。あれは小川屋のお嬢さんですね。きれいな方ね」

「なんだ、近くにいたのか」

「あの方、兄上のことを気に入っておいでだわ。わたしにはわかるんです」

要之助は鈴をあらためて見た。いつからこんなませたことを言うようになったと、軽い驚きもあった。

「そんなことはないさ。おれは世間話をしていただけだ」

「ううん。でも、きっとそうだわ」

鈴はひょいと首をすくめた。

五

雪解け道が朝日に眩《まぶ》しく照っていた。早朝ではあるが、往還には旅の者や行商人の姿があった。

要之助は吾妻橋で主馬と清兵衛と落ち合うと、その日のことを話し合い、昨夜闇討ちをかけられたことを打ち明けた。

主馬と清兵衛は同時に、「えっ」と驚いた。

「斬られなくて幸いであった。されど、いったい誰が？」

主馬が聞いてくる。

「わからぬ。ひょっとすると、伊三郎殺しが絡んでいるのかもしれぬ」

「まさか。橋倉五郎が……」

清兵衛が言うのに、要之助は首を振った。

「おれは橋倉のことを知らぬ。先方も知らぬはずだ」

「ではいったい誰が……。顔は見なかったのか？」

主馬が聞く。

「暗くて顔は見えなかった。だが、あの男はおれを斬る気だった。殺気は尋常でなかったからな」

「気をつけなければなりませんね」

清兵衛が怖気《おぞけ》だった顔で言った。

「それより橋倉のことはおまえたちにまかせる。おれは引きつづき、伊三郎が通っていた店を探す」

「そりゃ無駄足になるかもな。おれは橋倉が下手人だとにらんでいる」

主馬が得意顔で言う。

「それはそれだ」

「まあ、いいだろう。昼までには戻ってこられるだろうから、吾妻橋の茶屋で落ち合おう」

「承知した」

「では、まいるか」

主馬は清兵衛を促して、浜のほうへ歩き去った。要之助はその二人を見送ってから反対のほうへ足を進めた。行くのはまだ聞き込みをしていない、城下の西にある外町だ。

だが、小半刻《こはんとき》ほどでその聞き込みは終わった。結果は伊三郎が立ち寄ったような店はないようだった。

こんなことなら主馬といっしょに浜に行くべきだったと思ったが、後の祭りだ。暇を潰《つぶ》すように歩いていると、小川屋の近くで「きゃ」という女の悲鳴がした。

要之助がそっちを見ると、お菊が転んで膝小僧《ひざこぞう》をさすっているところだった。

「どうした。大丈夫か？」

近寄って声をかけると、お菊が見あげてきて、

「あら、夏目様。鼻緒が切れて転んでしまったのです。そそっかしいからこうなるんですわ」

と、恥ずかしそうに鼻緒の切れた下駄《げた》を掲げ、そしてまた膝小僧を痛そうにさすった。

「どれどれ、手を貸してやる」

要之助はお菊に肩を貸して店まで連れて行った。転んだのは近くだったのでさほどの距離ではない。

「どれ、傷を見せてみな」

お菊は裾《すそ》をめくってきれいな脚を晒《さら》した。膝小僧が赤く擦りむけていた。

「これなら大したことはない。なにか薬はないか？」

お菊は帳場にあがり、用簞笥《ようだんす》から膏薬《こうやく》を出した。要之助は貸してくれと言って、お菊の膝に膏薬を塗ってやった。

「夏目様ってやさしいのですね」

声に顔をあげると、お菊がうっとりしたような目を向けてきた。

「あたりまえのことだ。おなごには手を貸すのが侍だ」

「わたしっておっちょこちょいですからね。でも、ありがとうございます」

「礼なんていいさ。それより、おふくろさんとお鶴はいないのか」

店には人の気配がなかった。お菊は例によって、母親と妹は近くの村に菓子を取りに行っていると言った。

「急いでお使いに行って、慌てて帰って来たから転んだりするんですね」

「気をつけることだ」

「はい、そうします。でも、夏目様のように頼りになる人がそばにいると安心です。わたし強い方に憧《あこが》れているんです」

「おれは平侍でさほど強くはないさ。それで佐吉という男から沙汰《さた》はあったかい？」

お菊はかぶりを振って、なにもないと言った。その顔はどこか淋《さび》しげであった。

「田舎の小さな店より、華やかな京で仕事をするほうがやり甲斐《がい》があるのでしょう。そんな気がします。それはそれでしかたないとあきらめています」

「ふらりと戻ってくるかもしれねえだろう。あきらめちゃいけねえな」

「でも、男の人ってわかりませんから、あてにはできません。あ、お茶を……」

お菊は長火鉢にかけていた鉄瓶に手を伸ばして茶を淹《い》れてくれた。要之助はその様子を眺めながら、お菊は佐吉という男に思いを寄せているのだと感じた。

「ひょっとしてお役目中なのでは……」

お菊は長い睫《まつげ》毛を動かして見てくる。

「ちょいと体が空いて暇を持て余していたところだ」

「あ、そうだ。出来のよいきんつばがあります。召しあがってください」

お菊はいそいそと動いて、きんつばを皿に載せて差し出した。

「せっかくだからいただくか」

要之助は楊枝《ようじ》を使ってきんつばを食した。甘い餡《あん》が口中に広がる。甘みが適度に抑えられているのが美味である。

「うん、これはうまい」

要之助が感嘆の声を漏らすと、お菊は嬉《うれ》しそうに微笑んだ。

「妹が作ったのです。村のおかみさんが作ったものより出来がよいので驚きました」

「お鶴は腕がいいのだな」

お菊は、妹のお鶴は菓子を作っている村の女房のやり方を見てすぐ覚えると言う。

「あの子は菓子作りが好きなので、いろいろ工夫を凝らしています。ところで、夏目様は独り身ですか？」

「そうだ」

「なんだか勿体《もったい》ないですね。立派なお武家様なのに……。縁談の話はないのでしょうか？」

あると言ってもよかったが、

「まだない。それよりお菊のほうこそ、よい年頃だから嫁入り話があってもおかしくはないだろう。その器量だから引く手あまただろうが……」

と、要之助は茶に口をつけた。

「……いくつかあったのですけれど、お断りしたのです」

お菊は恥ずかしそうにうつむく。

「なにゆえ断った？」

「まだ、わたしはひとりでいたいのです。それにこの店のことがありますから、もし嫁に行ってしまえばおっかさんと妹に苦労させることになります」

「されど、それは相手次第だろう。相手が良家の者なら、おふくろさんや妹に苦労させることはないはずだ。まして相手が分限者ならなおのことだ」

「そんなうまくはいきませんわ」

「まあ、それはそうだろうが、躊躇《ためら》っていたら行き遅れてしまうのではないか。いや、余計なことであるな」

「いいえ。もし、行き遅れたら夏目様、もらっていただけませんか」

お菊はそう言って口許《くちもと》に笑みをたたえたが、目は真剣そうに見えた。

「冗談言うもんじゃないよ」

「いいえ、もしものことです」

要之助は昨夜、妹の鈴に言われたことを思いだした。

——あの方、兄上のことを気に入っておいでだわ。わたしにはわかるんです。

（まさか）

要之助は胸のうちでつぶやいて茶を飲みほし、

「さて、いつまでも道草を食ってるわけにはいかねえ。お菊、また寄らしてもらうよ」

と、言って立ちあがった。

「ええ、いつでもいらしてください。きっとですよ」

お菊はなぜか名残り惜しそうな顔をした。要之助は「ああ」と短く応じたが、悪い気はしなかった。だが、相手は町人だ。気を許せぬ自分がじれったくなった。

六

要之助が昼前に約束の茶屋で待っていると、しばらくしてから主馬と清兵衛がやってきた。二人とも浮かぬ顔をしている。

「どうであった？」

要之助は真っ先に問うた。

「だめだった。伊三郎が殺された件《くだん》の日に、橋倉は浜の仲間と酒盛りをやっていた。やつだったなら手柄をあげられたのだがな……。なんだか草臥《くたび》れただけだ。せっかく非番だというのに、妙に疲れちまった」

主馬はそう言って大きなため息をついた。

「それでも気になる話は聞けました」

清兵衛だった。要之助がなんだと問えば、

「馬方から徒組《かち》への役替えは、馬預《うまあずかり》の山本芳右衛門様へ願い出てのことだったのですが、じつは伊三郎も同じように願いを出していたそうです」

「すると、伊三郎の願いは叶《かな》わなかったということか」

「そんなことはどうでもいいことだ。この件は、おれたちの手には負えぬのではないか……」

主馬はやる気をなくした顔だ。

「泣き言は言えぬだろう。崎村さんにまかせられたのだ」

「あの赤団子の出っ歯め、面倒事を押しつけやがって……」

主馬は毒づいて茶をすする。

「下手人はいるはずですからね」

清兵衛が冷めた顔でつぶやく。

「どこにいるか。それが誰であるかだな……。おれたちが伊三郎の死体を見つけたのは、昼過ぎのことだった」

要之助は湯呑《ゆの》みを床几《しょうぎ》に置いた。

「八つ（午後二時）は過ぎていました」

清兵衛が言う。

「検視では伊三郎が殺されて少なくとも二刻《ふたとき》（四時間）はたっていた。すると、伊三郎はあの朝早く殺されたのかもしれぬし、前の晩だったのかもしれぬ」

「そんなことは何度も考えただろう」

主馬が茶をすすって要之助を見る。

「そうではあるが、見落としや聞き落としがないか考えるのは大事だ」

「殺しがあっても、下手人がわからないことはままあることだ。此度《こたび》の件もそうかもしれぬだろう。橋倉五郎にできる仕業ではなかった。そして、馬方の増田栄蔵と清水甚太郎も下手人ではないだろう。伊三郎の近所の者は下手人を見ていない。わかっているのは、伊三郎が勤めを二日休んだその翌《あく》る日に、死体で見つかったということだけだ。あの家には殺しに使った得物もなかった。手掛かりになるかもしれぬ、下手人の落とし物もなかった。そうであろう」

主馬はげじげじ眉《まゆ》を上下させながらまくし立てた。

「でも、なぜ、伊三郎は殺されなければならなかったのでしょう？」

清兵衛が言うと、

「それは……下手人に恨まれていたからだろう」

と、主馬が言葉に詰まりながら応じた。

「ということは、伊三郎を恨んでいた者がいたということになりますが、そういう者はいまのところいません。橋倉への疑いが消えたいまは……」

主馬は黙り込んだ。

「殺しは恨みだけであろうか……」

要之助がぽつんとつぶやくと、清兵衛が団栗眼《どんぐりまなこ》を向けてきた。

「ひょっとすると、そうかもしれませぬ」

「そうかもしれぬというのはどういうことだ?」

主馬が清兵衛を見る。

「たとえば、伊三郎は人に知られてはならぬことを知ってしまった。それは下手人にとって都合の悪いことだったので殺されたとか……」

「ま、さようなこともあろうが……伊三郎がなにかを知ったとしても、それがなんであるかがわからぬだろう」

「そうではありますが……」

「しかし、そう考えると辻褄《つじつま》が合うような気がする」

要之助が言うと、二人が顔を向けてきた。

「伊三郎は殺される前に二十両という借金を、耳を揃えて返している。その金の出所が下手人だったとすれば、筋道が通るのではないか。つまり、伊三郎は弱みをにぎった下手人を強請《ゆす》っていた。されど、下手人もいつまでも強請られていてはたまらぬ。だから口を封じるために殺した」

「いかさまな。さりながら、その下手人はいったい誰だ？　よほどの金持ちでなければならぬ。そうか……」

主馬はそう言って思案顔になった。

要之助がどうしたと問えば、すぐに口を開いた。

「伊三郎は二十両ではなく、その下手人からもっと金を巻きあげていたのではないか」

「伊三郎の家に金はなかったはずです。あの家は隈《くま》なく家捜しされています」

清兵衛が言う。

たしかにそうであった。伊三郎の検視をした上役の目付たちは、家のなかを徹底的に調べているが、下手人を捕縛する手掛かりをつかむことはなかった。当然、大金もなかった。

「下手人は使った得物と同時に、強請られた金も持ち去ったのでは……」

要之助が言えば、主馬が言葉を返した。

「さりながら、あの家は荒らされてはいなかった。少なくともおれにはそう見えた。下手人が伊三郎を殺したあとで金を探したとすれば、簞笥《たんす》の抽斗《ひきだし》が開いている、あるいは納戸の扉が開け放してあってもおかしくはない。人を殺《あや》めたあとで、落ち着いて金の隠し場所を探すとは思えぬ。人を殺したら、一刻も早くその場から去りたいと思うのが人ではないか」

たしかにそうであろうと、要之助も思う。

「ともあれ、明日も探索をつづけるしかない」

要之助は主馬と清兵衛を見て言った。

その日は、それで探索を打ち切りそれぞれ家路についた。

要之助が自宅屋敷の玄関に入ると、見慣れぬ立派な雪駄《せった》が揃えてあった。

「要之助、他でもないお話があると、伊沢様がお待ちですよ」

「伊沢様が……」

要之助は面倒な話だと察し、沈んだ気持ちがなお沈んでしまった。

際によくよく頼まれたことがある。要之助を頼む。平侍で終わるような男にはしたくないので、面倒を見てくれとな。要之助、よい話であるぞ」

なあ千代殿と、徳兵衛は隣に控えている要之助の母を見てにっこり微笑む。

「お話はありがたいのですが、わたしはいまはその気になれませぬ。嫁取りよりはいま預かっているお役目を務めるのが精いっぱいです」

「なかなか堅いことを申すやつじゃ。それだけそなたが成長したという証《あかし》であろう。されど、それとこれとは違う。そなたは夏目家の嫡男。家を栄えさせるためには、筋目のあるよい家柄の娘を嫁にするのは損ではない。損どころか徳が増えることになる。こんな勿体《もったい》ない話を受けぬ手はない。どうだ、その気があればいつでも席を設けようと思うが……」

徳兵衛はあくまでもこの縁談をまとめたい口ぶりだ。要之助は断る口実を忙《せわ》しく考える。

「伊沢様のお気遣いはありがたいのですが、やはりいまのわたしはその気になりませんで……もう少し腰が据わったところで嫁取りは考えとうございます」

「逃がした得物は大きかったと、後で後悔しても知らぬぞ。それだけいい話なのだがな……」

「申しわけもございません」

要之助は深く頭を下げた。徳兵衛がため息をつく。

「どうやらその気はないようだな。残念なことだ」

「要之助、伊沢様のお骨折りもあります。いましばらく考えることにいたしたらいかがです。伊沢様、さようなことではいけませんでしょうか？」

余計なことを言いやがってと、要之助は千代を盗むように見た。

「そうだな、まあすぐに返事せずともよいであろう。相手はまだ若いお嬢様だ」

いくつなのだろうかと、要之助は徳兵衛を見た。しかし、相手の歳を聞いたら脈があると思われかねないので黙っている。

「ところで殿の馬が死に、世話をしていた馬方が殺されたそうだが、それを調べているのだな」

「はい、その一件はわたしの掛《かかり》になっているのですが、詮議《せんぎ》に手こずっています」

「調べがうまくいっておらぬか。馬方の差配をしているのは、山本芳右衛門殿だったな」

「はは、加役として馬預《うまあずかり》を務めていらっしゃいます」

「掛を申しつけたのは山本殿か？」

「いえ、同じ加山組の先輩です。わたしは新参なので言われるままです」

「まあることだ」

徳兵衛はゆっくり茶を喫した。

「山本芳右衛門様はどんな方でしょう。伊沢様はご存じでいらっしゃいますか?」

「存じてはおるが……」

徳兵衛は少し苦々しい顔をした後で言葉をついだ。

「出世欲の強いお方のようだ。身を立てるための出精ぶりは見習うべきものがある」

「精勤されていらっしゃるのですね」

徳兵衛は「ふむ」とつぶやき、間を置いた。山本芳右衛門は好ましくないという顔だ。要之助はそう感じた。

「出世をしたいと思うのは誰も同じであろうが、一歩下がった慎み深い振る舞いを忘れてはならぬ。なかには私欲のためであれば、手段を選ばぬ者もいる。上役へ折々の見舞いを怠らぬばかりか、その身内や使用人にまで付け届けをする。身贔屓《みびいき》をしてくれそうな人の意に服《まつろ》う一方で、下の者たちには厳しくあたる。おのれの考えや判断を差し控えることもなく、伺いを立てもせずに決める。そのようなことでは下の者がついてこないばかりか、いずれは化けの皮が剝《は》がれるというものだ。義理堅く律儀だと思われるのはよいが、私欲があってはならぬ。要之助も気をつけることだ」

徳兵衛は視線を外して、茶を飲もうとしたがもうなかった。千代がそれと気づいて、茶を差し替えに台所へ立った。

要之助は徳兵衛の言いたいことを汲《く》み取った。武家奉公人としての心構えらしきことを諭されたが、それは山本芳右衛門という人間のことを指しているのだ。

「山本殿は家老への推挙があったが、殿の一言で取り下げられた。さぞや悔しかったであろうが、家老職はなにより家柄と血筋が尊ばれるので致し方ないことだ」

「山本様はご家老になられる見込みがあったのですか？」

「さあ、わたしにはよくわからぬことだ。あまり人の悪口は言えぬでな」

そこへ千代が茶を運んできたが、徳兵衛はもう日が暮れそうだから帰ると言った。

「せっかくですから、もう少しゆっくりなさっていらっしゃればよいのに……」

「いやいや、古女房がうるさくてな」

徳兵衛は明るく笑ってから、

「要之助、先の件だが頭に入れておいてくれ。それから困ったことがあれば相談にまいれ。わたしで役に立つことがあればいつでも話を聞こう」

と言って、腰をあげた。

二

行灯《あんどん》のあかりが文机《ふづくえ》の甲板を照らしている。要之助はその上に画仙紙を置き、筆を執った。お菊の顔を思い浮かべながら筆を走らせる。

瓜実顔《うりざねがお》に涼しげな目許《めもと》。高すぎない鼻筋にやや小ぶりの唇。白いうなじに、襟にのぞく肌。澄んだ瞳《ひとみ》。笑ったときに見える白い歯。

描いたばかりのお菊の絵を両手で持ち、仰向けに寝転がった。久しぶりによく描けたと思う。人物画は亡き父の得意とするところだった。要之助に絵心があるのはそんな父の影響である。

お菊の絵を眺めているうちに、伊沢徳兵衛が勧める縁談話を思い出した。相手はいずれ家老職になろうかという勘定奉行の娘。

——篠田殿と縁戚になればそなたは父を抜けるやもしれぬ。

篠田主税の娘をもらえば出世がかなうのか……。父は郡奉行で終わったが、自分はもっとその上の地位に昇れるのか。父を超えることは親孝行であろう。あの世にいる父はそれを望んでいるだろう。

だが、立身出世がすべてではないはずだ。さりとて武士として少しでも上の地位に就きたい思いはある。

いまは徒目付《かち》だが、家格を考慮すれば、役目に励み功績を積めば目付にはなれよう。さらに勤功を認められれば大目付も夢ではない。もっとも経験を積み、実績をあげ、周囲の推挙を得られればの話だ。

そんなことをつらつら考えていると、襖《ふすま》越しにおくらが声をかけてきた。

「要之助様、夕餉《ゆうげ》の支度が調いました」

「わかった。いま、まいる」

要之助は半身を起こし、お菊の似面絵に新しい画仙紙を被《かぶ》せた。

夕餉の席には母の千代と妹の鈴がつく。おくらが飯をよそい、味噌汁《みそしる》を出してくれる。静かな食事である。

父が元気なときには、二人の若党と中間・小者もいっしょに食事を取った。しかし、いまの要之助にその甲斐性《かいしょう》はない。家禄《かろく》三百石はあるにしても、役料は四十俵三人扶持《ぶち》である。母と妹を養い、女中を雇っている。毎日ではないにせよ登下城の際には、中間と小者も雇っている。質素倹約に努めるのがいまの夏目家だ。

「馬方のことはなにかわかったのですか？」

先に飯を食べ終え茶を口に運んだ鈴が顔を向けてきた。

「……なかなか捗《はかど》らぬ」

「お役目も大変でございますね。兄上を見ていると、長男でなくてよかったと、この頃思うようになりました」

要之助は箸《はし》を止めて鈴を見た。

「藩校には通っているのか？」

美園藩には明学館という藩校がある。

「今日も行ってまいりました」

「道草を食ってはならぬぞ」

「道草などしませんけど、兄上だって……」

鈴はそう言って悪戯《いたずら》っぽく「ふふ」と含み笑いをした。

「兄上はお武家の方をお嫁にもらうのでしょうけど、わたしはいやだわ。気の進まない相手といっしょになるなんて不幸です。自分の夫は気に入った人でなければ、幸せではないと思うのです」

「鈴、なんてことを言うの？　親というのは娘の幸せを願って縁組みを決めるのですよ。要之助、おまえ様も同じです」

千代が窘《たしな》めると、鈴は言葉を返した。

「それがまことの幸せにつながるのかしら……」

「相手はいっしょになってみなければわからないものよ。端《はな》から決めつけるのはよくありません」

「でも、後でいやな相手だったら幸せになれませんよね。母上はどうだったのです？」

「わたしは、それは……不幸でなかったことはたしかです。それに、あなたと要之助がすくすく育ってくれたことを幸せだと思っています」

「ふーん、そうなのですね」

鈴は小さくうなずくと、ご馳走様《ちそうさま》と言って席を立った。

要之助は残りの飯を黙って平らげた。たしかに鈴の言うとおりだと思う。自分の結婚は自分で決めるのがいい。一生の伴侶《はんりょ》を親に押しつけられて、真の幸せが手に入れられるとは思わない。

「あの子、いつの間にかおませに……」

千代が鈴の去った奥座敷を見てつぶやいた。

「いつまでもおぼこじゃないってことですよ」

「ま、なんてことを……」

千代は驚いたように目を吊《つ》りあげた。

「いつまでも子供じゃないってことです」

要之助がそう言ったとき、玄関に訪《おと》ないの声があった。おくらが応対に出てすぐに戻ってきた。

「要之助様、西島様のお中間が見えています」

「主馬の中間。何用だろう？」

「ずいぶん慌てていらっしゃるようですけど……」

要之助はそのまま席を立って玄関に行った。常造《つねぞう》という中間が落ち着かない顔で立っていた。

「いかがした？」

「旦那《だんな》様が何者かに襲われて斬られました」

「なんだと！」

「幸い怪我をされただけですが、夏目様を呼んでこいと言われまして……」

「怪我はひどくないのだな？」

「手当てをしていますが、浅傷《あさで》だと思います」

「すぐにまいる」

要之助は自分の部屋に戻ると、大小だけを手に引っさげて主馬の家に急いだ。

三
「相手は誰だ？　顔を見たか？」

要之助は主馬から話を聞いてから問うた。主馬は左肩口を斬られていたが浅傷だった。それでも肩口に巻いた白い晒《さらし》が痛々しい。

「相手のことはわからぬ。いきなり暗がりからあらわれたと思ったら、そのまま斬りかかってきたのだ。とっさに逃げたから助かったが、命の縮む思いだった」

「相手はおぬしを見張っていたのかもしれぬ。呼び出されたのではないのだろう」

「誰にも呼び出されはしないさ。おれは散歩がてら酒を買いに行っただけだ。辻斬《つじぎ》りかな。おぬしも襲われたばかりではないか」

「辻斬りだったとしても見過ごすわけにはいかぬ」

「そうは言うが相手のことがわからんのだ」

たしかにそうである。要之助も自分を襲った相手をしかと見ていない。

「辻斬りでなかったらどういうことだろう」

要之助は疑問を口にする。五徳の上の鉄瓶が湯気を昇らせていた。そこは客座敷で、主馬は片膝《かたひざ》を立てて座っていた。さっきまで主馬の内儀がそばにいたが、夫の落ち着いた様子を見て別の部屋に下がっていた。

「辻斬りでなかったら、端からおれたちの命を狙っていたということだろう。なんのためなのかわからぬが……」

主馬は手当てを終えた肩に右手を添えた。

「なにゆえ、おれたちが命を狙われなければならぬ」

「そんなの相手に聞かなければわからぬことだ。まあ、おれたちが邪魔なのだろう」

要之助は壁の一点を凝視してつぶやいた。

「伊三郎の下手人捜しをしているからか……。だとすれば、襲ってきたのは下手人……」

「そやつは、おれたちのことを知っているやつだ」

要之助と主馬は硬い顔で目を合わせた。

「清兵衛はどうだろう。やつは大丈夫かな……」

「使いを走らせてたしかめるか」

主馬が言うのに、

「いや、おれが行ってこよう」

と、要之助は答えた。

「用心しろ。うちのやつをつけるか。と言っても役には立たんだろうが」

「ひとりで行ってまいる」

要之助は清兵衛の家に向かった。夜道は暗いが星あかりと月あかりがある。提灯《ちょうちん》を照らしていても人気のない道を辿《たど》るのは心細いが、要之助は気を張っていた。

清兵衛は無事だった。主馬の話をすると大いに驚いたが、さほどの怪我ではなかったと聞いて少し安堵《あんど》の表情になった。

「ともあれ、明日城に行ったら、このことを崎村さんにお伝えしなければならぬ」

翌朝、要之助は登城すると、先に詰所に入っていた崎村軍之助に簡略な報告をした。

「闇討ちにあうとはな……して、西島の怪我は心配するほどではないのだな」

「浅傷でございます。それから病届けを預かってまいりました」

要之助は届けの書面を軍之助にわたそうとしたが、それは北村さんにわたせと言われた。

「闇討ちをかけてきた不届き者に思いあたることはないのだな」

軍之助が顔を向けてくる。団子鼻の穴から一本長い毛が出ていた。

「心あたりはありませんし、顔も見ていませんので……」

「ともあれ注意せねばならぬが、伊三郎殺しの下手人の手掛かりはつかめぬままか。このままわからなければ、伊三郎は殺され損ということになる」

軍之助はため息をつく。

「必ずや捜し出してみせます」

要之助は気を引き締めた顔で答えると、隣の目付部屋を訪ねて北村儀兵衛に主馬の病届けをわたした。

「四、五日大事を取れば仕事に戻れるようです」

要之助はそう言ってから、主馬が襲われたことを簡略に話した。

「軽い怪我ですんでよかったが、無理はいかぬ。それで流れ星と内藤伊三郎殺しの一件はどうなっておる。進んでおるのか？」

聞かれた要之助はこれまでのことも簡略に話した。

「もっともあやしかったのは、元馬方にいた橋倉五郎だったのですが、伊三郎殺しはできなかったというのがはっきりしまして……」

「内藤伊三郎と別れた内儀にも疑いはないと」

「さようです。されど、わたしと西島主馬を襲った男は、わたしどものことを知っているはずです。そうでなければなりませぬ」

「ふむ。他の者を助《すけ》にまわしたいが、あいにく手の空いている者がおらぬ。まあ、気をつけて詮議《せんぎ》をつづけてくれ」

　要之助は承知しましたと言って引き下がるしかないが、助がまわされないのは、殺された内藤伊三郎が軽輩だったからだ。もし番頭や家老ならば、目付総出の探索になるだろう。人の命は誰しも同じはずだが、調べの重き軽きも身分次第ということだ。

　詰所に戻ると、清兵衛がそばにやって来た。

「夏目さん、わたし考えたのです」

　要之助は黙って清兵衛を見つめた。

「夏目さんと西島さんを襲った者は、身共らのことを知っていなければなりません。流れ星のことはともあれ、伊三郎殺しの調べをしていることを知っているのです」

「それはそうであろうが……」

「知っている者はかぎられています。ここにいる人たちはともあれ、馬方の増田栄蔵と清水甚太郎です。あの二人と伊三郎はうまくいっていませんでした。さような話でしたね。伊三郎もあの二人を煙たがっていました」

「そうは言うが、あの二人の疑いはないだろう。伊三郎が殺されたときには、あの二人は……」

あっと、要之助は声を漏らした。そうだ、伊三郎が殺された晩に、あの二人が家にいたかどうかの調べはしていなかった。

「増田栄蔵と清水甚太郎には、伊三郎を殺す因縁は少なからずある気がします。死人に口なしで、伊三郎から話を聞くことはできませんが、身共らの知らぬことがあの三人のなかで起きていたということもあり得るのではないでしょうか」

要之助はまじまじと清兵衛を眺め、大きな見落としをしていたのかもしれないと思った。

「清兵衛、あの二人の家に行き、伊三郎が殺された晩のことを調べてきてくれぬか」

「承知しました」

「おれはもう一度栄蔵と甚太郎から話を聞いてみる」

四

厩《うまや》に足を運んだ要之助は、途中で立ち止まった。

厩の前に七、八人の男たちが集まって、馬方の清水甚太郎となにやらやり取りをしていたからだ。

よく見ると馬医者の朝倉幸吾から、馬預《うまあずかり》の山本芳右衛門が話を聞いていた。供連れが多いのは奉行だからだろう。

要之助は邪魔になってはならぬと、話が終わるのを離れたところで待った。甚太郎のそばに新参の馬方二人はいるが、増田栄蔵の姿はない。栄蔵は非番なのかもしれない。

しばらくしてやり取りが終わり、芳右衛門が厩を離れ要之助のいるほうに歩いてきた。要之助はその一行が近づくと、深く腰を折って頭を下げた。そのまま一行は過ぎ去ると思ったが、

「そのほう、徒目付《かち》の夏目と申す者であったな」

と、芳右衛門が声をかけてきた。

「さようでございます」

要之助はわずかに頭をあげて答えた。

「流れ星のことだが、死因がはっきりした。そのほう、調べをしているようだが、ご苦労であった」

「はは。流れ星の死因がわかったのでございますね」

「馬医者の診立てが出たのだ」

芳右衛門は不遜《ふそん》な顔でそれだけを言うと、今度こそ去って行った。要之助はその一行を見送ってから厩に行き、甚太郎に声をかけた。

「夏目様、流れ星は殺されたようです。馬医者の朝倉様がさように診立てられました」

「そうなのだ」

そばにいた朝倉が前に出てきて、

「死んだのだ」

と言った。

「は？」

要之助は目をしばたたいて朝倉を見た。強情そうな顔が今日はやけに弱々しい。

「犬だ、犬が死んだ」

呑《の》み込めない要之助がどういうことだと問うと、朝倉は清兵衛が厩から運んだ土を調べたがまったくわからなかった。それで庭先に捨てたのだが、野良犬がやって来てその土を前脚でほじくり鼻をつけてから嘗《な》めまわしたと言った。

犬はめずらしい臭いに敏感で、気になると引っかいたり嘗めたりする習性がある。

要之助もそのことは知っている。

「腹を空《す》かしていたらしい野良犬で、散々嘗めたと思ったら体をふらつかせて、そのままばったり倒れたのだ。慌ててそばに行くと、犬はくるくると目をまわし、口からあぶくを噴いて、そのまま死んでしまった。毒だ。あの土には毒が混じっていたのだ」

「すると、流れ星が垂らした涎《よだれ》に毒があったと……」

「さようだ」

「なんの毒かわかりますか？」

要之助は朝倉をまっすぐ見た。

「それはわからん。わからんが、手に入れやすい毒は石見銀山だ」

石見銀山鼠取薬のことだ。

「城下でも買える鼠取りの薬ですね」

「町の者は下町の薬屋で買うことが多い」

ではあの店だなと、要之助にはぴんと来た。

「それにしても流れ星に毒を飲ませるなんて……」

甚太郎はやるせなさそうにかぶりを振った。

「増田栄蔵は非番であるか？」

要之助は厩を見て甚太郎に聞いた。

「はい、人が増えましたのでようやく休みが取れるようになりました」

「山本様の差配があってのことだな」

「前々からお願いしていたのですが、ようやくといったところです」

「願い届けを出してもすぐに受け入れられぬのは、どの役儀も同じだ。ところで、おぬしは流れ星が死んだ日、夕七つ（午後四時）に勤めを終えて帰り、栄蔵は日の暮れまでいたと、さように申したな」

「はい」

「すると、おぬしがここを離れたあとのことはわからぬということになるな」

「まさか、栄蔵をお疑いで……」

甚太郎のこけた頬が少し赤らんだ。

「たしかめたいだけだ。おぬしはあの日、下城したあとまっすぐ家に戻ったのだな。戻ってなにをした？」

「戻って風呂《ふろ》に浸《つ》かり、いつものように晩酌をして寝ただけです」

「栄蔵もそうだろうか？」

「それはわかりませんが、おそらくそうだと思います。帰宅したあとで出かけることは滅多にありませんから。いったいなにをお知りになりたいので……」

「まっすぐ家に帰り、そしていつものように翌朝勤めに出てきた。そうであるな」

「さようです」

「その日もまっすぐ帰宅をして家は出なかった」

「出ていません」

甚之助は不服そうな顔で答える。

「ふむ」

「夏目様、もう流れ星の死因はわかったのです。なにをお知りになりたいのです。伊三郎のことですか……」

「そうだ。おぬしらは伊三郎と仲がよろしくなかった。だからといっておぬしらが伊三郎を殺したとは思っておらぬが、殺したやつは必ずいる。以前、馬方にいた橋倉五郎も調べたが、あの男にできる仕業ではなかった。もし、下手人に心あたりがあるなら教えてもらいたい。他には漏らさぬ」

甚太郎は青く晴れている空に視線を向けてから、自分にはわからないと首を振った。

「いやなことを聞いてすまなんだ。これも役儀だからわかってくれ」

要之助はそう言ってから厩の前を離れた。

城内を歩きながら、夜中に城に忍び込める場所はないだろうかと、ふと考えた。

城門は門番がいて出入りは厳重だ。

ならば石垣をつたって入れないだろうかと考え、城内をひとめぐりしたが、城の周囲の石垣は急峻《きゅうしゅん》で高いからとても無理だとわかった。

しかし、門番の立たない城門がひとつだけある。それは城の北側にある奥門である。普段は開けられることのない門で、「不浄門」とも呼ぶように、死者や罪人を送り出したり、糞尿《ふんにょう》の搬出に使う門だ。

（ここはどうだろうか……）

要之助は奥門のそばに立って眺めた。その門には小ぶりの櫓《やぐら》が造られ、一段低くなったところに簡単な木戸がある。門のそばに数本の楠《くすのき》の立つ薄暗い場所だ。観音開きの門扉には頑丈な閂《かんぬき》が通してあり、表からは入れそうにない。

しかし、櫓のそばに足を運んで、はっと目をみはった。石垣は低く急でもない。門の外には幅一間もない細い道がくねりながら、下の堀川へつづいている。

要之助は反対側にまわった。自分でもなにをやっているのだと思った。流れ星の死因ははっきりしているのだ。いまさらこんな調べをしても役に立たないとわかっていた。それでも櫓の反対側にまわり、気づいたことがある。縄を使えばここから城へ出入りできる。楠の幹に縄を結びさえすれば、いとも容易《たやす》く石垣を登れる。そのとき、爪先《つまさき》がなにかを蹴《け》った。見ると、煙管《キセル》だった。雁首《がんくび》には竜を彫ってあるが、いかにも安物だ。

「なぜ、こんなところに……」

要之助は煙管を拾いあげて懐にしまった。

五

詰所に戻り、早めの中食にしようと弁当を広げ、もう一度、拾った煙管を眺めた。羅宇《らう》は竹で、吸い口と火皿のついた雁首は胴製だった。長年使い込んであるとわかる。

（なぜ、こんなものがあそこに……）

城内見廻《みまわ》りの番方が落としたものだろうが、その気になれば奥門の脇から城内に出入りできるとわかったので捨てる気になれなかった。

弁当を食べ終え茶に口をつけたときに清兵衛が戻ってきた。

「清水甚太郎も増田栄蔵も件《くだん》の晩に、家を出た様子はありません。あの二人に伊三郎殺しは無理です」

清兵衛は調べてきた結果を報告した。

「無駄であったか。おれも甚太郎にじかに問うたが、やはりあの男たちではなさそうだ。それから流れ星の死因がわかった。やはり殺されていたのだ」

「え、まことに……」

清兵衛は驚き顔をした。

「馬医者の朝倉殿の診立てでわかったのだ。さきほど山本様に報告に来ていた」

要之助はそう言ってから、朝倉から聞いたことをそっくり話してやった。

「そうだったのですか。すると、わたしたちは流れ星と伊三郎を殺した下手人を捜さなければなりませんね」

「そういうことだが、城に出入りできる場所を見つけた」

「え、どこでございます？」

清兵衛は団栗眼《どんぐりまなこ》を向けてきた。要之助は調べてきたことを話した。

「丈夫な縄を使えば忍び込むのは無理ではない。そのことがわかった」

「不浄門から出入りできますか」

「その気になればできそうだ。それから気になるものを見つけた。奥門のそばで拾ったのだが……」

要之助はそう言って拾った煙管を見せた。

「ずいぶん使い込んでありますね。安物でしょうが……」

「城内の人気のないところにあったのが気になる。忍び込んだ者が落としたのかもしれぬが……。ところで、伊三郎が二十両という大金を、耳を揃えて返したということだ。どこでそんな大金をつかんだと思う」

「博奕《ばくち》で勝ったわけではないのですね」

「わからぬ。他の賭場《とば》で大勝ちしたのかもしれぬ」

「ならばその賭場を調べなければなりません」

「もうひとつ、伊三郎が贔屓《ひいき》にしていた飲み屋だ。狸という店はわかったが、他の店にも出入りしていたかもしれぬ」

「では、いかがいたします」

「まずは城下の賭場探しだ。おれたちの知らぬ賭場があるやもしれぬ」

「ならば、役所の同心が詳しいのでは……」

要之助はくわっと目をみはった。なぜそのことに早く気づかなかったのだと、唇を噛《か》んだ。

「よし、昼の休みに役所に行こう。これからは二人いっしょに動く」

要之助は闇討ちのことがあるからそう言ったのである。

二人は九つ（正午）過ぎに城を出て町奉行所に向かった。天気がよいのであまり寒さを感じなかった。早朝は霜が降り、百姓地の田畑は白くなっていたが、いまは剝《む》き出しの土が見え、小松菜や春菊、あるいは葱《ねぎ》などの青物を見ることができた。

役所を訪ねた二人は、同心の原口六兵衛と玄関を入ったすぐのところにある次之《つぎの》間《ま》で向かい合った。

「賭場でござるか？」

六兵衛は眉宇《びう》をひそめて要之助と清兵衛を眺めた。

「殺された内藤伊三郎は、賭場に二十両の借金をしていましたが、その金を一度で返済しているのです。馬方がそんな大金をどうやって作ったか納得がいきません。おそらくどこかの賭場で大勝ちしたのではないかと思うのです」

要之助は身を乗り出すようにして言った。

「ならば下町を仕切っている惣兵衛の爺《じい》さんかもしれぬ」

「その惣兵衛に伊三郎は金を借りていたのです」

六兵衛は驚き顔をして、

「惣兵衛の賭場でなかったら六蔵の賭場か……」

と、四角い顎《あご》を撫《な》でながらつぶやくように言った。

「いいえ、六蔵には会って話を聞いています。六蔵はしばらく開帳していないようです。原口さんなら、他の賭場をご存じではないかと思い伺ったのですが……」

六兵衛は膝《ひざ》に置いた指を小刻みに動かし、視線を短く彷徨《さまよ》わせた。

「博奕は御法度なので隠れてやっているやつが多いから、小さな賭場までは目が届かぬが、知っているとすれば黒鷺《くろさぎ》の常吉《つねきち》……」

黒鷺の常吉は城下で知らない者はいない地廻《じまわ》りだ。

「常吉は博奕はやらないと聞いていますが……」

「それは表向きの話だ。年に何度か大きな賭場を開く。庄屋《しょうや》の座敷や寺の本堂を借り切っての大博奕で、隣国からも博奕打ちがやってきて大賑《おおにぎ》わいだ。普段はやらぬと聞いているが、裏でこっそりやっている子分たちもいる」

「年に何度かとおっしゃいますと……」

「春と秋の彼岸の終わった頃、それから盆暮れだ。そう聞いている」

秋の彼岸はもう過ぎている。春はさらに過ぎているし、夏の盆も同じだ。

「暮れの博奕はいつ頃です。いまは師走《しわす》ですが……」

「年の瀬も押し迫った頃のようだ。もっとも、領内でなく隣国で開くこともあるようだからよくはわからぬが、金三郎《きんざぶろう》という一の子分がいるので会って聞いてみてはどうだ」

「金三郎、どこへ行けば会えます？」

「いるかどうかわからぬが、野崎《のざき》村の如来院のそばが家だ。近くまで行って聞けばすぐわかるはずだ」

要之助は礼を言って町奉行所を出た。

「稽古《けいこ》はしているか？」

要之助は町屋を離れてから清兵衛に聞いた。野崎村に向かう一本道の途中だ。

「このところあまりやっていません」

要之助は一刀《いっとう》流鳴瀬《なるせ》道場の門弟だが、腕は並だ。負けず嫌いだから熱心に通っていた時期もあるが、役目が忙しくなってからは怠りがちだ。清兵衛も同じ道場の門弟だ。

「目付仕事は身の危険を伴う。この件が片づいたら稽古に励もう」

要之助は闇討ちにあったせいでそう思うようになっていた
野崎村にある如来院の近くまで来て出会った百姓に、常吉一家の金三郎の家を聞くとすぐにわかった。村のどこにでもある茅葺《かやぶ》き屋根の家だった。

庭の隅で薪割《まきわ》りをしている男がいたので声をかけると、金三郎は自分だと言って使っていた斧《おの》を下ろし、首にかけている手拭《てぬぐ》いで汗を拭《ふ》きながら近づいてきた。恰幅《かっぷく》のよい男だ。色白の丸顔だが、目つきは鋭い。

「目付の夏目要之助と申す。賭場のことで聞きたいことがある」

「賭場のことで……」

金三郎は清兵衛をちらりと見て要之助に視線を戻した。

「咎《とが》め立てをしに来たのではない。城下にはいくつか賭場があるが、おぬしはその賭場に詳しいと聞いたのでな」

「いったい誰に？」

「役所の原口六兵衛殿だ」

「あの旦那《だんな》ですか。賭場ならあの旦那のほうが詳しいでしょうに。なんでおれなんかに」

「六蔵と惣兵衛の賭場は知っている。じつは内藤伊三郎という藩の馬方のことを調べているのだ」

金三郎は「内藤……伊三郎……伊三郎」と、何度かつぶやいてから要之助を見た。

「色の黒い、肩幅の広い男ですかね。その伊三郎なら知っていますよ。何度か惣兵衛さんの賭場で顔を見たことがあります。その伊三郎がなにかやらかしましたか？」

「殺されたのだ」

隠すことはないと思って打ち明けた。金三郎は目をまるくして驚いた。

「ほんとですか。いったい誰に？」

「それを捜しているのだ。伊三郎に最後に会ったのはいつだ？　殺されたのは五日ほど前だ」

「まさか、あっしを疑ってんじゃねえでしょうね」

「そんなことは思っておらん。どうだ……」

金三郎は無精ひげの生えた頬を短くさすってから答えた。

「二度ばかり本町の柳屋《やなぎや》で見かけたのが最後ですかね。半月ぐらい前ですが、しけた野郎がこんな店にと思ったんです。博奕で勝ったのかどうか知りませんが……」

本町の柳屋は城下では一、二位を争う一流の料亭だ。藩重役か大商家の主《あるじ》が通うような料理屋である。

「半月前だな。そのときはひとりだったか？　連れがいたのではないか」

「さあ、それはどうですか。見かけただけですよ」

要之助は清兵衛と顔を見合わせた。伊三郎は柳屋に出入りできるような身分ではない。たとえ金があったとしても、一見《いちげん》では入れない敷居の高い店だ。

要之助は伊三郎について、他に知っていることはないかと聞いたが、金三郎はよくは知らないと答えた。

六

「夏目さん、伊三郎が柳屋に通うなんて考えられないことですよ。金三郎の見間違いではないでしょうか」

金三郎の家を離れてから清兵衛が言った。

「いや、金三郎は伊三郎の体つきを知っていた。間違ってはいないはずだ。されど……」

「いかがされました？」

「うん、なにか裏がある。そうでなければ伊三郎が柳屋に出入りできるわけがない。とにかく柳屋で話を聞こう」

要之助は足を急がせた。

柳屋は本町の東側にある店で、二階座敷からは城下を流れる星乃川《ほしの》を眺められる。その風流を気に入っている藩重役は少なくない。

店の表戸は閉まっていたが、声をかけると仲居が出てきて、用件を伝えると肉置《ししお》きのよい女将《おかみ》が出てきた。

「半月ほど前でございますか。内藤伊三郎様……」

玄関での立ち話になったが、女将は目をまたたかせてしばらく考え、聞いたような名前だがはっきり思い出せないと言う。

「その男は藩の馬方だ。殿様が外出をされるときは口取りもやっていた。色の黒い肩幅の広い男でな。無口なのであまり言葉は交わさなかったと思うが……」

要之助がそう言ったとたん、女将ははっと思い出したという顔になった。

「それならお奉行様が何度かお連れになった方ではないかしら。最初は表から入られましたが、そのあとは裏の勝手からお座敷に案内しています」

「お奉行というのは……」

要之助は女将の顔を凝視した。

「山本芳右衛門様です」

要之助はくわっと目をみはった。

「その席には山本様と伊三郎の二人だけだっただろうか？」

「いいえ、いつも山本様と小貝《こがい》様とおっしゃるお家来を連れてらっしゃいます」

小貝重右衛門《じゅうえもん》だ。山本芳右衛門の家来で、以前は無外《むがい》流の関根《せきね》道場で師範代を務めていた男だ。

「いまのこと、かまえて他言無用に頼む。山本様にも言ってはならぬ」

要之助はいつになく厳しい顔つきで言った。

「はい」

柳屋をあとにした要之助の心の臓は、ふるえるように脈打っていた。

「なにゆえ山本様が伊三郎を……」

城に戻りながら清兵衛が疑問をつぶやく。

「黙っていろ。なんだかわかりかけてきたのだ」

要之助はこれまでのことを考えながら歩きつづけた。

「なにがわかったのです？」

「いいから黙っておれ」

推量はまとまりそうでまとまらない。しかし、真相がぼんやりと霧のなかに浮かびあがってきた感触があった。

詰所に戻ると、夕番からの引き継ぎを受けて泊番に入った。要之助は手焙《てあぶ》りに手をかざしながら推量をはたらかせた。

「清兵衛、伊三郎が作った借金の二十両の出所が山本様だとすれば納得がゆく。だからといって、山本様が伊三郎に二十両をわたすのはなんのためだ」

「それは伊三郎が山本様の弱みをにぎったからではないでしょうか？」

「どんな弱みだ？　馬方の伊三郎に山本様の弱みをどうやってにぎることができる」

「それは……女とか……とにかく人に知られては困るようなことを知ったのでは……」

「それでは曖昧《あいまい》だ」

清兵衛はうーんとうなって腕を組む。要之助は手焙りの火を使って煙草を喫《の》んだ。

そのとき、拾った煙管《キセル》を手にして眺めた。

「もしやこの煙管が伊三郎のものだったとすれば……」

使い古された安物の煙管を眺めるうちに、だんだん伊三郎の煙管だったのではないかと思うようになった。

「清兵衛、ちょいと厩《うまや》に行って聞いて来てくれぬか。この煙管に見覚えがないかと。まだ甚太郎は下城していないはずだ。急げ」

「は、はい」

清兵衛はそのまま詰所を出て行った。要之助は障子を開けて、のったりと暗くなっていく表を眺め、また障子を閉めて元のところに座り直した。

清兵衛が戻ってきたのはそれからしばらくしてからだった。言われたとおり急いで行ってきたらしく息をはずませていた。

「どうであった？」

「清水甚太郎がはっきり言いました。これは伊三郎のものだと」

要之助は目をみはった。

「見廻《みまわ》りのときに奥門に行ってみよう」

「奥門になにかあるんで……」

「たしかめるのだ」

清兵衛は理解に苦しむような顔をしたが、要之助は自分の推量をまとめるために腕を組んだ。しかし、はっきりしないことがいくつかある。

「この煙管は奥門のそばにあった。ということは伊三郎がそこに行ったということになるが、なぜ伊三郎はそんなところに行ったのだ？」

「馬方が行くような場所ではありませんね。百姓が運んでくる飼い葉の受け取りは、大手門か乾《いぬい》門のはずです」

「馬をならすのは馬場だ。奥門に用はないはず。そうだな」

「そのはずです」

「もし、もしもだ。伊三郎が奥門から忍び込んで流れ星を殺したとしたら……」

要之助はつぶやきを漏らしながら宙の一点を見つめた。

七

寒月が天守の上に差しかかっていた。雲がその月をゆっくりと隠し、また雲が流されると煌々《こうこう》と照る月があらわれた。

最初の見廻りに出た要之助と清兵衛は奥門に来ていた。

「拾ったのはこのあたりだ」

要之助は門櫓《もんやぐら》そばの石垣の上に立っていた。楠《くすのき》の根元あたりだ。眼下には鬱蒼《うっそう》とした藪《やぶ》があり、下方の堀川につづく細い道が月あかりを受けて見え隠れしている。

石垣の下から吹きあげてくる風は肌を刺すように冷たい。

「この石垣はさほど高くない。この木の枝か幹に縄をかければ、石垣を登ってくることはできそうだ」

要之助は楠の幹と張り出している太い枝を見、それから石垣の下を眺めた。石垣の高さは五間（約九メートル）ほどだろう。縄さえあれば登れないことはない。

「夏目さん、もし伊三郎がここから城に忍び入ったとしても、流れ星を殺すためだというのはいかがなものでしょう。たまたま伊三郎はここに来て煙管を落としただけかもしれません。ただ、それだけのことだったら……」

「ふむ。まあさようなことかもしれぬが、どうも引っかかるのだ」

要之助は奥門を離れると、そのまま城内をひとめぐりして詰所に戻った。

泊番の者たちはにぎり飯を食ったり、茶を飲んだりしていた。仮眠を取っている者たちは鼾《いびき》をかいている。

要之助も仮眠を取るために掻《か》い巻きにくるまった。しかし、眠気はやってこない。

二十両という借金のあった伊三郎は、どうやってその金を用立てたのだ。

(山本芳右衛門)

胸のうちでつぶやくと、芳右衛門の顔が瞼《まぶた》の裏に浮かぶ。目の下がたるみ、鼻脇のしわが深く、酷薄そうな唇。人を値踏みするようなすがめた目。

なぜ、山本芳右衛門は伊三郎を柳屋に連れていったのだ？　なんのために？

(わからん)

要之助は眠るのをやめて半身を起こすと、手焙りにあたり茶を飲んだ。詰所は行灯《あんどん》と燭台《しょくだい》だけのあかりで薄暗く静かだ。表から梟《ふくろう》の鳴き声が聞こえてき、ときどき強い風が吹きわたる音がした。

要之助はじっと燭台の炎を見つめているうちに、ふと伊沢徳兵衛の言った言葉を、切れ切れではあるが思い出した。

——私欲のためであれば、手段を選ばぬ者もいる。上役へ折々の見舞いを怠らぬばかりか、その身内や使用人にまで付け届けをする。身贔屓《みびいき》をしてくれそうな人の意に服《まつろ》う一方で……義理堅く律儀だと思われるのはよいが、私欲があってはならぬ。山本殿は家老への推挙があったが、殿の一言で取り下げられた。さぞや悔しかったであろうが……。

あのとき、要之助は自分を諭しているのだと思って聞いていた。そして、山本芳右衛門が家老になる見込みがあったのかと聞いた。

——わたしにはよくわからぬことだ。あまり人の悪口は言えぬでな。

徳兵衛はそう答えた。つまり、徳兵衛が私欲があってはならぬと言ったのは、要之助と山本芳右衛門に向けた言葉だったとも取れる。いや、それとなく徳兵衛は山本芳右衛門を批判していたのだ。そう考えてもいいのではないか……。

要之助は目をみはった。ますます目が冴《さ》えてきて眠れそうにない。

「清兵衛、起きろ、起きてくれ」

要之助は気持ちよさそうに寝息を立てていた清兵衛を揺り起こした。

「もう、見廻りですか……」

清兵衛は寝ぼけ眼をこすって半身を起こした。

「そうではない。聞いてくれ。武具奉行の山本芳右衛門様は知っているな」

要之助は声をひそめた。

「もちろん」

「山本様は家老への引き立てがあったらしい」

「へえ、それは大変なご出世ではありませんか」

「されど出世はできなかった。殿がまわりの推挙を取り下げられたからだ」

「それは残念な」

「推挙されるまで山本様は、家老や殿のご側近に過分なはたらきかけをされたはずだ。そんな噂があるようだ。だから、推挙を取り下げられたときの無念というか悔しさは人にはわかるまい」

「まことの話で……」

清兵衛はやっと目が覚めたという顔をした。

「もし、その無念を晴らすために山本様が、流れ星を殺したとするなら筋が通らぬか」

清兵衛は団栗眼《どんぐりまなこ》を何度かまたたいた。

「意趣返しですか。でも、そんなことが……」

「そのために山本様が伊三郎を使ったとすれば……」

「伊三郎は二十両の借金を払うために、山本様の計略にのったということですか」

「大きな声を出すな。伊三郎はときどきご機嫌で帰ってくることがあった。そんな話を聞いたであろう。それは柳屋の帰りだった。しかも、目の前に大金をぶら下げられた。借金が返せるし、金が入る。いや……」

「なんです？」

「山本様からもらった金は二十両ではなくもっと多かったかもしれぬ」

「伊三郎の家にそんな金はなかったはずです」

「そこだ。もし、五十両を山本様が払ったとすれば、三十両はあまる。そのことを知っている男がいる」

「誰です？」

「山本様の家来、小貝重右衛門だ。小貝は家士に過ぎない。藩に仕官はしておらぬ。おそらく給金はさほどのことではなかろう」

「では、伊三郎を殺したのは小貝重右衛門……」

清兵衛はまばたきもせず、ごくっと喉仏《のどぼとけ》を動かしてつばを呑《の》んだ。

「伊三郎の金の出所が山本様ならあり得ることだ。それに流れ星が死んだ翌《あく》る日に伊三郎は殺されている。それは口封じだった」

「ちょ、ちょっと待ってください。すると、伊三郎が流れ星を殺したということですか」

「かもしれぬ」

「ですが……」

清兵衛は言葉を切ったあとで言葉を足した。

「そういえば、伊三郎が柳屋に行ったとき最初は表だったが、その後は裏の勝手だったと、女将《おかみ》が話したのでしたね」

「伊三郎の身分にそぐわぬからだったかもしれぬし、山本様は人に見られたくなかったのかもしれぬ」

「もし、そうだとすると、伊三郎殺しは……」

二人は黙ったまま互いの目を見つめ合った。

第七章　旨《うま》いとこかっ攫《さら》っていくのは鳶《とんび》かえ

一

翌朝、夕番へ引き継ぎをした要之助と清兵衛はその足で下城し、主馬の家に立ち寄った。昨夜推量したことを話すためと、怪我の具合の様子見を兼ねてのことだ。

主馬は玄関に近い庭先でのんびり日向《ひなた》ぼっこをしていた。

「おう、おぬしら明け番であろう。ご苦労でござった」

二人に気づいた主馬が陽気に声をかけてきた。

「今日はいつになく天気がよいから気持ちがよい。見舞いにでも来てくれたか。感心なことだ。相すまぬな」

「そんなことではない。伊三郎殺しの下手人がわかりかけたのだ」

要之助が言うと、「へっ」と、主馬は頓狂《とんきょう》な顔をした。

「ひょっとすると山本芳右衛門様かもしれぬ」

「なに、武具奉行の山本様だと。まことか」

主馬はげじげじ眉《まゆ》を動かし目をみはった。

「それに流れ星は殺されたのでした」

清兵衛が言った。

「なんだと……」

驚く主馬に清兵衛は流れ星の死について説明した。

「それはさておき伊三郎の件だ」

要之助はそう言って、昨日調べたことと、昨夜推量したことを話した。主馬はいつになく真剣な顔で聞いていたが、

「じつはな。おれが闇討ちをかけられたとき、慌てふためいて曲者《くせもの》の羽織の紐《ひも》を引きちぎっていたのだ」

と、言って、家の中間に言い付けて羽織の紐を持ってこさせた。

「これだ」

主馬が見せたのはたしかに羽織の紐だった。鶯茶《うぐいすちゃ》の組紐《くみひも》で作られていた。

「たしかに曲者がしていたものか？」

「おれもただでは転ばぬ。とは言っても、必死に斬られまいとして、その紐をつかんでいたんだろう。肩を斬られはしたが……」

「襲ってきた者の顔はともあれ、姿なりは見ているだろう」

「ふむ。なにせいきなり襲いかかられたから落ち着いてはおれなかった。ただ、いま思えばやけに勢いのあるやつだった」

「その男、関根道場で師範代を務めていた小貝重右衛門に似ていなかったか？　いまは家士として山本様の屋敷に雇われている」

「あの小貝重右衛門……」

主馬は短く思案する顔をした。

「そう言われれば、似ているような気がする。されど、気をつけろ。相手は武具奉行だ。もし推量が外れていればとんでもないことになる」

「それはよくわかっておる。主馬、この紐預かっておく。なにかの役に立つかもしれぬのでな」

「かまわぬさ。それでどうするのだ」

「もう少し調べなければならぬことがある」

「役に立てずすまぬ」

「気にすることはない。傷を早く治すことだ」

主馬の家をあとにすると、

「これまでのことを考え合わせてみたいが、眠いか。眠いならあとでもよいが……」

と、要之助は清兵衛を気遣った。

「いいえ、わたしも筋道を整えたほうがよいと思います」

清兵衛が応じたので、要之助は吾妻橋西詰にある茶屋に行き、並んで床几《しょうぎ》に座った。茶が運ばれてくると、清兵衛が先に口を開いた。

「もし、夏目さんと西島さんを襲ったのが、小貝重右衛門だとするなら、それは山本芳右衛門様の指図と考えるべきでしょう。それは流れ星殺しを知られては困るからです」

「ふむ、それで」

要之助は清兵衛の推量を聞くことにする。

「伊三郎は山本様の知られてはならないこと……それはつまり、流れ星を殺す密計だった。そのことを知った伊三郎は脅しにかかった。そうなると山本様の進退に関わります。その秘密が漏れては困る山本様は、伊三郎の話を呑み、金をわたした。それが二十両だったか三十両だったかはわかりませんが、伊三郎はその金を受け取り賭場《とば》の借金を返済した。ところが、山本様は強請《ゆす》られて金はわたしたが、伊三郎を信用しなかった。また強請られるかもしれない。あるいは伊三郎がどこで、自分の秘密を漏らすか知れたものではない。ならば口を封じるしかない。だから伊三郎を殺した。その下手人は家来の小貝重右衛門だったかはわかりませんが……」

清兵衛はそこで茶に口をつけた。

「うむ、まあそうかもしれぬが、伊三郎は山本様のどんな密計をどこで知ったのか？」

「まあ、それはわかりませんが……」

清兵衛は言葉に詰まった。

「ともあれ、おぬしの考えがあたっているとすれば、伊三郎を殺したのは……」

「小貝重右衛門だと思いまする。小貝は山本家の家士です。主人の命令なら従うのでは……。まさか、山本様自ら手を下したというのは考えにくい気がします」

「伊三郎の家は荒れていなかった。そして、伊三郎も強く抗《あらが》ってもいなかった。わずかに着物が乱れていただけだ。それは、伊三郎がよほど下手人のことを知っているか、気を許せる相手だったはずだ」

「そうかもしれませぬ」

「まあよい。おれたちは眠りが足りぬ。少し休んでからもう一度話そう。それに調べることがある。おれと主馬に闇討ちをかけた男の羽織の紐だ。もし、小貝のものなら、おれたちの推量通りかもしれぬ。この紐の持ち主をあたってくれぬか」

要之助はそう言って、例の羽織の紐を清兵衛にわたした。

「山本様の屋敷に行くことになりますが……」

「使用人は屋敷を出入りする。そのときに声をかけたらどうだ」

「承知しました。やってみましょう」

清兵衛は羽織の紐を懐にしまった。二人は余裕を持って夕七つ（午後四時）に、いまいる茶屋で落ち合うことにして別れた。

二

要之助は自宅屋敷に帰り、一刻《いっとき》ほど仮眠を取ろうと横になり、殺された伊三郎のことと毒殺された流れ星のことを考えた。そうなるとなかなか寝つけない。布団を払って起きあがると、文机《ふづくえ》の前で腕を組んで考えた。

流れ星は毒殺された。そのことははっきりしたが、誰が毒を買って飲ませたかである。

そう考えた要之助は、文机に画仙紙を載せ、思いつく人物の似面絵を描いていった。都合三枚。

山本芳右衛門と小貝重右衛門、そして殺された内藤伊三郎。三人が目の前にいれば別だが、思い出しながらだから何度か描き直さなければならなかったが、おおよその特徴が描けていればよいと思い、三枚の似面絵を懐に入れて家を出た。

下町の薬屋に行く途中、小川屋の前を通ったが、暖簾《のれん》も掛けられておらず、表戸も閉め切られていた。今日は休みなのかと思いもしたが、まずは薬屋に行かなければならない。

木下《きのした》屋という薬屋は色町の近くにあり、ときどき街娼《がいしょう》も出入りする店だった。主《あるじ》に石見銀山があるかと尋ねると、いかほど入り用だと聞いてきた。

「いや、求めるのではない。その薬を買いに来た者のことを聞きたいのだ」

要之助はそう言って、描いた似面絵三枚を主の膝許《ひざもと》に置いた。

「これは……」

主は訝《いぶか》しげな顔をする。

「このなかに石見銀山を買いに来た者がいれば教えてもらいたい。おそらく半月前か、あるいは七、八日前かもしれぬ」

流れ星の死体発見から六日がたっているのでそう言った。

主は「はあ」と、気の抜けた声を漏らして似面絵を眺め、一枚の絵を手に取り、

「十日ほど前だったと思いますが、この絵に似た人が買いに来たことがあります。それも一袋ではなく、五つほど求められましてね」

もうそれで十分だった。要之助は目を光らせて宙の一点を凝視し、

「邪魔をした。礼を申す」

と、主に言って店を出た。


要之助は、そのまま下町の賭場を仕切っている惣兵衛という年寄りを訪ねた。

「今日はなんのご用で……」

居間の火鉢にあたっていた惣兵衛は、吸っていた煙管《キセル》を煙草盆に置いた。

「まわりくどいことは言わぬ。おぬしの賭場の客に、この絵に似た者が出入りしておらぬだろうか」

要之助は二枚の絵を見せた。山本芳右衛門と小貝重右衛門の似面絵だった。

惣兵衛は白毛交じりの眉《まゆ》を動かして、二枚の絵に視線を落とした。

「こっちの絵はどうかわかりませんが、この絵に似た人はときどき遊びに来てましたね。この頃はご無沙汰《ぶさた》ですが……」

そう言って主が指し示したのは、小貝重右衛門の絵だった。

(なるほど)

要之助はようやく謎が解けてきた気がした。だが、もうひとつたしかめたいことがあった。往還を引き返しながら考えをめぐらし、これまでのことをあれこれ筋道を立て思い返した。途中で小川屋の前を通ったが、やはりさっきと同じだった。

(どうしたんだろう……)

気にはなったが足を急がせた。寝不足の目に冬の日は眩《まぶ》しかったが、それほど風が冷たくないのが救いだ。

行ったのは城の北側にある侍屋敷だった。足軽や下士の住む武家地だ。人づてに聞いて、清水甚太郎の家を訪ねると、すぐに出てきた。

「なんでございましょう?」

「つかぬことを聞くが、おぬし、伊三郎に頼まれ事をされたことはないか?」

要之助は甚太郎から目をそらさなかった。

「頼まれ事……いいえ、そんなことはありませんが」

「流れ星が殺される前のことだ。おそらく二、三日前、あるいはその前の日だ」

「いいえ。なにも頼まれていませんで……」

「まことだな」

「いったいどうされました？」

甚太郎はこけた頬をさすって問い返した。嘘を言ったり、なにかを誤魔化す顔ではなかった。

「ただ、聞いておきたかっただけだ。増田栄蔵の家はこの近くだったな」

「二軒先の向かいがそうです」

要之助は栄蔵の家を訪ねたが留守だった。試しに戸に手をかけると、するすると開いた。伊三郎の家より小さな屋敷で、玄関を入ったすぐのところが居間になっていた。居間の先は六畳の座敷だ。

要之助の片眉がぴくりと動いたのは、あるものを見たからだった。衣紋《えもんか》掛けに墨染めの小袖《こそで》が掛けられていたが、裾《すそ》のあたりが白くなっていた。三和土《たたき》にはちびた草履と古い下駄《げた》、そして鼻緒の切れた雪駄《せった》。

そのまま栄蔵の帰りを待ってもよかったが、要之助は一旦《いったん》家に帰ることにした。

一刻ほど仮眠を取り、目が覚めたときはもう日は西にまわり込んでいた。

表から鵯《ひよどり》の声が聞こえてきた。要之助は布団を払い、着替えにかかった。寝たせいか頭が冴《さ》えている。そして、脳裏にある記憶が甦《よみがえ》った。それは闇討ちをかけられたときのことだ。

「そうだったのかもしれぬ」

これまでの推量を思い返しながらつぶやくと、表座敷にゆき、母の千代に、

「出かけてまいりますが、すぐに戻ってきます」

と、それだけを言って家を出た。清兵衛との待ち合わせの時刻が迫っていた。

「夏目さん、どうにかこうにか探ってきました」

先に来ていた清兵衛が声をかけてきた。

「どうであった？」

まずは清兵衛の話を聞かなければならない。同じ床几《しょうぎ》に腰掛けると、店の女に茶を注文した。

「気を使う調べでしたが、山本家の中間と女中から話を聞くことができました。こ

の紐《ひも》は見たことがないと言われました。それに小貝重右衛門のものでもないようです」

「そうであったか」

「西島さんを襲ったのは小貝ではなかったということになります」

「おれを襲ったのも小貝ではなかったのかもしれぬ」

「すると誰が……」

要之助は清兵衛に顔を向け、まだわからぬと言って言葉をついだ。

「薬屋に行ってきた。やはり、伊三郎が石見銀山を買っていた」

「では、伊三郎が流れ星を殺したということに……」

清兵衛は団栗眼《どんぐりまなこ》をしばたたく。

「伊三郎は、惣兵衛の賭場《とば》で二十両の借金をしていたが、その賭場に小貝重右衛門が出入りしていた。二人が言葉を交わしたかどうかわからぬが、互いに顔見知りであったはずだ」

「とすれば、どうなるんです？」

要之助は運ばれてきた茶に口をつけ、しばらく考えるように遠くを見た。

「やっとわかりかけたことがあるが、もう一度よくよく考えたい。今日はゆっくり休め。明日の朝にはしっかり話す」

「それは伊三郎殺しの下手人がわかったということですか？」

「おそらく」

清兵衛はいまここで聞きたいとせがんだが、

「すまぬが、いまはいい加減なことは言えぬ。明日の朝だ」

と、要之助は断った。

三

翌朝、いつもより早く詰所に入った要之助は、手焙《てあぶ》りにあたりながら昨夜考えたことをもう一度まとめにかかっていた。

詰所では泊番（昨日の朝番）の者たちが帰り支度をはじめている。夕番の徒《かち》目付と下目付は、まだ誰も来ていなかった。

「夏目、いかがした。ずいぶん早いではないか？」

古参の徒目付が話しかけてきた。

「はい、いろいろわかったことがあるのです」

「おぬしも大変じゃな。馬方殺しを任せられておるのだろう」

「いろいろ謎が多うございましたが、やっとわかりかけてきました」

「ほう。すると下手人がわかったと申すか」

「朧《おぼろ》げにですが……」

ほんとうは確信があった。

「なんだ朧げか。ま、気張って詮議《せんぎ》いたすことだ」

古参は大きな欠伸《あくび》をして詰所を出て行ったが、まわりがだんだん騒がしくなった。吉田組の泊番と、今日の夕番連中がやって来て引き継ぎをやるからだった。

要之助も簡単な引き継ぎを受けて、また手焙りに戻った。

「夏目さん、教えてください」

清兵衛がそばにやって来て、

「謎は解けたんでしょう。下手人はわかったんでしょう」

と、せっついた。

そのとき、崎村軍之助が要之助に声をかけてきた。

「夏目、伊三郎殺しのことはどこまでわかった。いつまでも馬方殺しにかかずらわっていてはどうしようもない。どうなっておる」

「一件落着だと思いまする」

　要之助は自信のある顔で言った。軍之助が目をみはった。

「一件落着とはどういうことだ？」

「伊三郎殺しと流れ星殺しの下手人がわかったということです」

「まことか……」

　軍之助は自分があたっていた丸火鉢の前から腰をあげて、要之助のそばに来た。

「話せ」

　要之助は、軍之助の団子鼻を短く眺めてから話した。

「流れ星は毒を飲まされて殺されました。使われた毒は、下町の木下屋という薬屋で買い求めたものです。買ったのは伊三郎です」

「なに、するとあの殺された馬方が、あの内藤伊三郎が流れ星を殺したと。しかれど、伊三郎はどうやって流れ星に毒を飲ませたのだ。やつはあの日、休んでいたはずだ。大手門が閉まったあとで城にも来ておらぬはずだ」

　城の各門は明け六つ（午前六時）に開き、暮れ六つ（午後六時）に閉じられる。その間の出入りは、門番の検閲があり厳重である。

「それが伊三郎は城に忍び入ることができたのです。おそらく奥門を使ってのことです」

「なに、不浄門から入ったとな」

軍之助は赤ら顔のなかにある目をまるくした。

「奥門に門番はいません。それに石垣もさほど高くはなく、門そばには楠《くすのき》が何本も立っております。その木の幹か枝に縄をくくりつければ、わけもなく石垣を登って城内に入ることができます」

「馬鹿な。あの石垣は低いと言っても五、六間（約九〜十メートル）はあるのだ。縄や綱を石垣の下から投げてくくりつけることはできぬだろう」

「それが、できたのです」

「どうやって？」

「それは大野様を加えて話したほうがよいと思います。それからこの話は厩《うまや》へ行ってたしかめなければなりませんので、是非、大野様共々ご同行願えませぬか。さらに、馬預《うまあずかり》の山本芳右衛門様にも立ち合っていただきとうございます」

「なに、山本芳右衛門様だと。あの方は武具奉行でもあられるのだ」

「でも、馬方を差配されてもいます。できれば大目付の加山様にも、立ち合ってもらったほうがよいかもしれませぬ」

「お頭にも……それで、おぬし、しくじったことはせぬだろうな」

「なにをおっしゃいます。わたしは崎村様のご指導を受けて、この役儀についているのですよ」

少し持ちあげられたせいか、軍之助の頬が緩み、なにやら自慢げな顔になった。

「よし、わしが掛け合ってまいる」

軍之助は団子鼻をこすって立ちあがると、いそいそと隣の目付部屋を訪ねにいった。

「夏目さん、ずいぶん大がかりですよ。大丈夫でございますか？」

清兵衛が不安そうな顔を向けてくる。

「間違っていようがいまいが、おれは腹をくくって話をする」

要之助がきっと表情を引き締めたとき、軍之助が戻ってきた。

「夏目、これから厩へ集まることになった。わしはもうこの一件は片づいた、すべてがわかったと豪語してきたわい。ガハハ」

軍之助はまるで自分が手柄をあげたような笑いをした。それから真顔になって、体を寄せて耳打ちするように言った。

「わしの指図どおりに動いてくれたのだな。よいことだ。されど、万が一おぬしの詮議に穴があれば、わしは責任を取りかねる。そのこと心得ておけ」

要之助はいやな上役だと思った。結果次第では右にも左にも転がる男なのだ。

それから小半刻《こはんとき》（約三十分）後に、要之助たちは厩の前に集まった。清兵衛と軍之助はもちろん、目付の北村儀兵衛、そして大目付の加山助左衛門が顔を並べ、遅れて山本芳右衛門がやって来た。

馬方の連中はいささか緊張の面持ちでみんなを眺めていた。

「いったいなんの用であるか」

遅れてやって来た山本芳右衛門が、不満そうな顔で一同を眺めた。

「山本様、流れ星の死と、馬方内藤伊三郎の死の真相がわかりました」

要之助が一歩進み出て言った。

四

「なに……流れ星と馬方の死の真相……」

山本芳右衛門は眉宇《びう》をひそめ、要之助をにらむように見た。

「まずは流れ星が毒殺されたのはわかっていますが、その毒は石見銀山鼠取薬でした。城下の木下屋という薬屋で買い求めたものです」

山本以下一同は神妙な顔を要之助に向けていた。

「さりながらその毒は誰が用いたのだ？」

要之助の話を聞いたあとで、加山助左衛門が能面顔で問うた。

「馬方の内藤伊三郎です」

「それはおかしいではないか。あの者は流れ星が死んだ日は休んでいたはずだ」

「たしかに休んでいました。しかれども、伊三郎は毒薬を持って夜中に城に忍び入りました。おそらく奥門の石垣から入ったものと思われます。ここに煙管《キセル》がございます」

要之助は件《くだん》の煙管を懐から出して掲げて見せた。

「その煙管がいかがしたと申す」

加山助左衛門が言葉を挟んだ。

「これは奥門のそばで拾ったものです。普段、伊三郎が行くところではありません。しかしながら、あそこに落ちていました。そのことから推量いたせば、伊三郎が奥門のそばの石垣をつたって城に入り、誰もいない厩にゆき、流れ星に毒薬を混ぜた水を飲ませた」

「それは推量であるか。推量ならたしかな証《あかし》とは言えぬぞ」

目付の北村儀兵衛が異を唱えた。

「仰せのとおりです。さりとて、流れ星が毒を飲んで死んだのはほぼ間違いのないことです。よって伊三郎が城に忍び込んだと考えるしかありません。されど、石垣は低いと言っても五間（約九メートル）ほどあります。その高い石垣を登るためには、助《すけ》があったはずです」

「では、伊三郎に手を貸した者がいると、さように申すか？」

加山助左衛門だった。

「そのはずです」

要之助は一度、厩の前に立っている馬方の四人を眺めてから話をつづけた。

「そのことはひとまず置いて、伊三郎殺しです。伊三郎は口数の少ない地味な男でしたが、博奕《ばくち》好きでした。城下の賭場《とば》によく出入りしていたのがわかっています。そこで伊三郎は賭場に借金をしておりました。二十両という大金です。ところが、その借金をあっさり返済しています」

「馬方がそんな金をどこで都合する？　博奕で大儲《おおもう》けでもしたと申すか」

北村儀兵衛があきれたというように首を振った。

「それが都合できたのです。伊三郎の賭場には、山本様のご家来が出入りしていました。小貝重右衛門という家士です。以前は無外流関根道場の師範を務めていた者です。山本様さようですね」

「だからなんだと言うのだ」

山本芳右衛門だった。目の下のたるんだ皮膚が痙攣《けいれん》したように動いた。

「伊三郎が借金に困っていることを知った小貝重右衛門は、なにかの折に山本様に話をした。そして、山本様は伊三郎を使おうと企てた」

「なんだと！　おい夏目、きさまはこのわしを愚弄《ぐろう》するのか！　無礼であるぞ！」

芳右衛門はいきり立ったが、要之助は冷静に応じた。

「山本様はご家老への推挙がございましたね。されど、もう少しで手が届かなかった。殿が推挙を取り下げたからです」

一同は芳右衛門に注目した。

「それとこれとになんの関わりがある」

「大いにあります。山本様はいずれ家老になれると思い込んでいらっしゃった。されど、そうはならなかった。その落胆はさぞや大きかったことでしょう。悔しい思いをされたはずです。殿を恨まれたかもしれない」

「きさま、言っていいことと悪いことがある。分をわきまえよ」

「では、山本様と伊三郎に面識はなかったのでしょうか」

「あれは馬方だったので顔ぐらい知っておったさ」

「そして、柳屋という料理屋に伊三郎を接待した」

「馬鹿な……」

「柳屋の女将《おかみ》が知っていたのです。最初は伊三郎は表から店に入ったようですが、その後は人目を忍ぶように裏の勝手から店に通されています」

全員の目が山本芳右衛門に向いた。

「山本様は悔しい思いをされた。殿に憎しみさえ感じられたかもしれない。されど、その意趣を殿に向けることはできない。ならば他にないかと考え、殿の愛馬である流れ星に憎しみを向けられた。そこで、伊三郎を金で釣り流れ星を殺《あや》めさせた」

「出鱈目《でたらめ》だ。夏目、無礼にもほどがある。きさま、何様のつもりだ」

芳右衛門は目を吊《つ》りあげるなり、刀を抜こうとした。しかし、そばにいた加山助左衛門が、

「城中でござる」

と、芳右衛門の手を制した。要之助はつづけた。

「だからといって山本様が伊三郎を殺したとは申しません。下手人は他にいるので

す」

一同は、しーんと黙り込んだ。

「この一件を詮議《せんぎ》していたわたしと、同輩の西島主馬は闇討ちをかけられました。それはわたしらの探索が気に食わなかった。あるいはわたしらの調べが進むうちに、おのれの身に危険が及ぶと考えてのことでしょう。闇討ちをかけてきたのは、増田栄蔵、おぬしであるな」

要之助はきっと栄蔵をにらんだ。栄蔵は顔色をなくし、体をふるわせた。

「いいわけはできぬぞ。わたしが闇討ちをかけられた夜道は、雪解け道で泥濘《ぬかる》んでいた。わたしを斬ることができなかったおぬしは、あきらめて逃げたが、途中で雪《せっ》駄《た》の鼻緒が切れたので、しゃがんでその雪駄を拾いあげて逃げた。その雪駄は昨日、おぬしの家の土間にあった。さらに、壁に掛けられていた墨染めの着流しの裾《すそ》が泥で汚れて白くなっていた」

増田栄蔵は無言のまま顔を横に振った。

「主馬にも闇討ちをかけたな。そのとき、主馬はおぬしの羽織の紐《ひも》をつかみ取っていた。これがそうだ」

要之助は懐から出した羽織の紐を掲げ、みんなに見せた。

「それは……」

と、言葉を切ったのは馬方の清水甚太郎だった。

「もしや、この紐は小貝重右衛門のものか、あるいは山本様のものではないかとわたしは疑いましたが、増田栄蔵のものだった。甚太郎、そうであろう」

「た、たしかにそれは栄蔵のものです」

「拙者は、拙者は……」

栄蔵は首を激しく振りながら、後じさったかと思うと、そのまま脱兎《だっと》のごとく駆け出した。

「清兵衛」

要之助が声をかけると、清兵衛がとっさに動いて栄蔵の後ろ襟をつかみ取り、あっと言う間に羽交い締めにした。

「ご勘弁を、ご勘弁を。あんなことになるとは、自分でも思いもいたさなかったのです。つい、金に目がくらんで……」

清兵衛が栄蔵を近くまで連れてきて跪《ひざまず》かせた。逃げられないように清兵衛はしっかり、栄蔵の片腕を捻《ひね》りあげている。

「話せ。きさま、なにをした」

加山助左衛門が一歩前に出て鋭く栄蔵をにらんだ。

栄蔵はすっかり観念したのか、伊三郎に五両で助を頼まれたことを話した。それは奥門の楠《くすのき》の幹に縄を取りつけることだった。五両は大金である。しかも前金でもらったので断ることはできなかった。

そして、約束どおり厩《うまや》にあった縄を、下城する前に奥門そばの楠の枝に取りつけた。ところが翌朝来てみると流れ星が死んでいた。

栄蔵はすぐに伊三郎の仕業だと思ったが、それを口にすることができなかった。

そして、その夜、栄蔵は伊三郎の家を訪ねた。

「おい、伊三郎、誰に頼まれてやった。まさかおぬしの考えでやったのではないだろう。流れ星は殿の大事な馬だった。おぬしもあの馬を大事に扱っていた」

栄蔵は茶碗酒《ちゃわんざけ》をちびちびやっている伊三郎をにらんだ。

「大きな声じゃ言えねえが、山本様だ。流れ星を殺したら三十両やると言われた。おれは賭場に二十両の借金があった。その金を返さなきゃならなかった」

「もう返したのか？」

「返した。なにもかもこれで片がついたが、このことかまえて他言無用だ。おぬしは流れ星を殺す手伝いをしたのだからな」

伊三郎はへらっと笑った。栄蔵は虫唾《むしず》が走るほどの怒りを覚えたが、その怒りを抑え込んでゆっくり動いた。

「三十両もらって、おれに五両くれたってわけだ」

「おれも五両、おまえも五両。山分けだ。これでなにもなかったことにしてくれ」

「てめえ、勝手なことを……」

栄蔵は小さく吐き捨てると同時に、伊三郎の首に腕をまわすと、用心のために持っていた小刀で喉笛《のどぶえ》をかっ斬った。


「伊三郎は山本殿から……」

栄蔵がすべてを白状すると、加山助左衛門は山本芳右衛門をにらむように見た。

「待て、わたしは……わたしは……」

芳右衛門は片手をあげ、制するように後じさった。すっかり顔色をなくしていた。

「崎村、夏目、山本殿を取り押さえよ」

助左衛門の声で、要之助たちは素速く動き、芳右衛門を取り押さえた。

五

二日後、要之助と清兵衛は大目付加山助左衛門の部屋に呼ばれた。むろん、目付の北村儀兵衛と崎村軍之助も同席していた。

「処断が決まった。山本芳右衛門殿はお家取り潰《つぶ》しのうえ切腹。増田栄蔵は斬首」

助左衛門が静かに口を開いて、そう言った。

「致し方ないことでござりましょう」

儀兵衛が言ってため息をついた。

「一件落着であるが、夏目、青木、それから崎村、大儀であった。お手柄であったな」

「いや、もうそれはこの者たちが、わたしの指図どおりに動いてくれたおかげでございまする」

軍之助がにこやかな顔で応じた。

要之助と清兵衛は同時に軍之助を見た。なにをこの人は言っているのだ。

「夏目、青木、よくやってくれた。これからも気を引き締めてやってもらうぞ」

「はい」

と、助左衛門に答える要之助は、軍之助をにらんだ。

「それから怪我をしておる西島主馬だが、災難であった」

「まったくでございます。されど、あの者も体を張ってことにあたったということでございます。わたしのほうから見舞いをしておきましょう」

軍之助はいけしゃあしゃあと言う。

「そうだな。そうしてくれ」

「加山様の思いやり、この崎村しっかりと伝えておきまする」

「それにしても難しい詮議《せんぎ》であったな。よいはたらきをしてくれた」

「まだまだ至らぬ者ですが、向後《こうご》もしっかり面倒を見ていく所存でございます」

軍之助はまるで自分で手柄をあげたような顔つきだ。要之助と清兵衛は白けてしまうが、ここで事を荒立ててはならぬので、ひたすら忍従である。

その後、助左衛門からいくつかのねぎらいの言葉を受けて、要之助たちは大目付部屋を辞した。

「夏目さん、わたしたちのはたらきではなく、崎村さんが此度《こたび》の一件を落着させたみたいではありませんか」

廊下に出るなり清兵衛が低声《こごえ》で憤った。

「あの場で言葉を返すことはできないだろう」

「そうおっしゃっても、あまりではありませんか。なんだか納得できません」

「清兵衛、堪《こら》えるしかあるまい。加山様はちゃんと見てくださっているはずだ」

「そうでしょうかね。ずいぶん損をした気分です」

あまりにも清兵衛が愚痴るので、要之助は宥《なだ》めるしかない。

「おれも気持ちはおぬしと同じだ」

「だったら……」

「もうよい。なにも言うな。いたずらに崎村さんの機嫌を損ねれば、組内の和が保てぬ。我慢するしかない」

「夏目さんは人が好《よ》すぎますよ」

「そうかもしれんが、おれはもう崎村さんの言いなりにはならん。開き直った。これからはおれの好きなようにさせてもらう」

要之助はそう言った後で、悪態をついた。

「やい！　赤団子の出っ歯、もうきさまの言いなりにはならん！」

とたん、廊下を行き交っていた者たちが立ち止まって要之助を見た。

「おい、なにを喚《わめ》いておる。静かにせぬか。ここをどこだと考えておる」

古参の目付が叱った。

「憂さを晴らしただけです」

要之助はそう言うと、清兵衛を見てぺろっと舌を出して笑った。

「わたしも憂さを晴らしとうございます」

「やめておけ」

要之助は清兵衛の肩をぽんとたたいて詰所に戻り、大きなため息をついて茶を口に運んだ。以前、軍之助に言われた言葉を思い出した。

――きさまのしくじりは、わしのしくじり。きさまの粗相は、わしの粗相になる。

(なんだ、おれの手柄はおめえの手柄ではねえか。くそっ)

その日、下城した要之助は落ち着きを取り戻していた。不平不満は腹の内にあるが、しばらくはのんびりできそうだ。

自宅屋敷に帰ると、日の暮れまで間があるので、楽な着流しに着替え褞袍《どてら》を引っかけて表に出た。

暮れゆく空はなんだか雲行きがあやしいが、天気はすぐには崩れそうにない。

町のあちこちで餅《もち》つきが行われていた。そうか、もうすぐ正月なのだなと気づく。

ぺったんぺったんという餅をつく杵《きね》の音が妙に心地よい。

小川屋の前に来たときだった。暖簾《のれん》は掛けられていないが、店のなかから人の声が聞こえてきた。

「どの面下げて戻ってきたんだい。一年修業したら腕をあげ、立派な菓子職人になってこの店を大きくする。うちの亭主の夢だった、藤田家の御用達《ごようたし》になる店にすると、そう約束したんじゃなかったのかい。それがなんだい。一年たっても戻ってきやしない。挙げ句ひょっこり戻ってきたと思ったら、金を都合してくれだと。厚かましいにもほどがあるってもんだ」

お菊の母親おしげの声だった。

「おかみさん、そうではありません」

男の声だった。

「なにがそうではありませんだよ。金なんかうちにはないよ。見りゃわかるだろう。あんたがいない間、わたしたちゃ苦労して店を守ってきたんだ。わたしゃね、うちの人が佐吉はいい職人だから、やつにまかせておけばこの店はきっとよくなる。だから大事に育てなきゃならない。そう言ったからあんたを信じていたんだ。修業に出たいと言えば、ああ行ってきなと気持ちよく送り出してやったじゃないか」

「それはわかっています。恩に感じてもいます。おかみさん、あっしが金を都合できないかというのは考えがあってのことなんです」

「そんな話聞きたかぁないね。ない袖《そで》は振れないんだ。それに、いいかい。この店はわたしのもんだよ。あんたのもんじゃないんだ」

「おっかさん、そんなこと佐吉さんもわかっているわよ。少し落ち着いて話を聞いてあげたらどうなの」

お菊の声だった。

「佐吉さん、話がいきなりすぎるのよ。お金がいるのはなんのためよ」

「店を出したいんだ」

「へん、そうしたきゃ自分の金で出しゃいいんだ。他人の金をあてにするなんてやくざのするこった。もう顔も見たくないから出て行っておくれ。出て行けッ!」

おしげはいきり立った声で怒鳴り、なにかものを投げたらしく、ガシャーンと割れる音がした。

立ち聞きをしていた要之助は、これはまずいと思い、戸に手をかけた。

六

要之助が声をかけて戸を引き開けると、お菊たちがいっせいに見てきた。

「邪魔するぜ」

「夏目様……」

お菊が声をかけてきた。上がり框《がまち》にお菊と佐吉が座っており、居間におしげとお鶴がいて、土間に割れた湯呑《ゆの》み茶碗《ぢゃわん》が落ちていた。

「なにやらお取り込み中のようだが、いったいどうしたんだ。おかみの声が表まで聞こえていたぜ」

「いろいろと腹の立つことがあるんです」

おしげは怒りのせいか顔を赤くしていた。

「腹を立ててちゃまともな話はできねえだろう。言い分はあるだろうが、佐吉の話を聞いてやっちゃどうだい。なにやら訳ありのようじゃねえか。しゃしゃり出て邪魔ならおれはこのまま出て行くが……」

「いてください」

お菊だった。

「佐吉さん、藤田家の方で夏目要之助様とおっしゃるの」

「こりゃ初めまして、佐吉と申します。いろいろとお世話様でございます」

佐吉は立ちあがってぺこりと頭を下げた。目鼻立ちは整っているが、菓子職人らしく色白のひ弱そうな体つきをしている男だった。

「まあ、座ってくれ。京に修業に行っていたらしいが、もう終わったのかい？」

「修業を終えて帰って来たんです。帰りは約束より遅かったのですけど、佐吉さんは店を出したいから金の都合がつかないかと申しまして、それでおっかさんと……」

お菊はそう言っておしげを見た。

「ふん、のこのこ帰って来て、いきなり金の無心をするようじゃろくでもないじゃないか」

おしげは吐き捨てるように言って茶を飲んだ。

「佐吉、なんで金がいるんだ？」

要之助は佐吉を上がり框に座らせ、自分も隣に腰を下ろした。

「あっしはおかみさんに暇をいただきまして京に修業に行ったんですが、約束は一年でした。ですが、修業は厳しく、またあっしはもっといろんなことを覚えたくて、もう一年ほど延ばしたんです。そのことを書いて文でも出せばよかったんでしょうけど、なにせ朝早くから夜遅くまではたらき詰めで、書く暇がなかったんです」

「それで修業が終わったんで帰ってきたってわけか」

「さようです。あっしは死んだ旦那《だんな》の跡を継いで、この店を立派にしようと考えていましたが、修業中にいろいろ考えることがあり、思い切って小川屋を他の土地に移そうと考えました。先のことを考えると、そうしたほうがいいと気づいたからです」

「他の土地ってどこ？」

お菊だった。

「大坂がいいと思っている。じつは下見もして、新しく店を出す場所も見つけてきたんだ。大坂は食い倒れと言われているように、商売になると見込んでいる。この町が悪いと言うんじゃないが、店を繁盛させるためには、やっぱり客の集まるところがいい。大坂はここと違い人がひっきりなしに通りを行き交っている。せっかくいい菓子を売るなら、多くの人に買ってもらいたい。そう思っているんだ」

「それを先に言えばいいのよ。のっけから金の話をするからおっかさんが怒るのよ」

お鶴だった。

「たしかに……。おかみさん、そんなわけなんです。あっしは金の無心をしているわけじゃありません。そういう相談に乗ってくださらないかと思い、金のことを先に言っちまいまして、申しわけありません」

佐吉はおしげに頭を下げて謝った。

「なんだ、おめえさんも、おっちょこちょいみてえだな。おかみよ、佐吉がこう言っているんだ。気を鎮めてくれねえか」

要之助はおしげに顔を向けた。言われたおしげは太いため息をつきはしたが、腹立ちは抑えたようだ。

「それで佐吉、京ではどんな修業をしたんだ？　お菊、そのことは聞いたかい？」

お菊はまだ聞いていないと首を振った。

「佐吉、お菊もそうだが、おかみもお鶴も、おめえさんがこの店を見限ってもう戻ってこないんじゃないかと思っていたんだぜ。ずっと沙汰《さた》なしだったらしいじゃねえか。お菊はおめえさんのことをずいぶん心配していたぜ。ひょっとして病気になっているんじゃねえか、修業にかこつけて遊び耽《ふけ》ってんじゃねえだろうかと。おかみもさぞや気を揉《も》んでいたことだろう。だから、腹を立ててたんじゃねえかな。相談がありゃあ、筋道を立てて話さなきゃならねえ」

「おっしゃるとおりで……」

「で、修業はどうだったんだ？」

「へえ、話せば長くなりますが、あっしは旦那が言っていたように、いずれは藤田家の御用達《ごようたし》の菓子屋にしたいという思いがありましたが、飴《あめ》やあられなどの菓子では先が見えていると思ったんです。まあ、饅頭《まんじゅう》も作りはしましたが、それでも先のことを考えると、このままじゃいけない。もっとうまい菓子を、それも見た目も味もよい、菓子を作らなきゃならないと思いました。それで思い切って京へ行って一から修業しようと考え、おかみさんに無理を聞いてもらって暇をいただいた次第です」

佐吉が修業に行った菓子屋は、京でも一、二を争う老舗《しにせ》だった。客は大名家はもちろん、公家《くげ》や天皇家にも菓子を納めていた。佐吉はここなら間違いない菓子を作れる、自分の腕をあげられると思い店を訪ねた。何度も門前払いをされたが、佐吉の粘りに根負けした店主がようやく雇い入れてくれた。

仕事は下ばたらきからはじめさせられたが、ある程度の腕があったので、次第に菓子作りを手伝わされるようになった。それに先達の職人たちの作り方を盗み見て学んでいった。それでも形が違ったり色使いが悪いと、容赦なく怒鳴られ頭と言わず体と言わず引っぱたかれ、尻《しり》を蹴《け》られた。

逃げ出したくなったこともあるし、泣きたいほど悔しい思いもしたが、奥歯を嚙《か》んで耐えた。そうやって一年ほどすると、店頭に並べられる菓子を作れるようになった。

しかし、それで満足してはいけないと思い、もう半年修業に精を出した。

「それもこれも小川屋を立派にしなければならない、世話になった旦那やおかみさんを裏切ってはならないという思いがあったからです」

「偉いじゃねえか。するとおめえも苦労したってわけだ。すると、大坂に店を出しておかみとお菊、そしてお鶴の面倒を見るってことなのかい？」

「あっしはそう考えています。もし、それができないとおっしゃるなら、申しわけないですけど、この店をやめさせてもらうしかありません」

はっとお菊が佐吉を見れば、お鶴は「そんなのひどいわ」と、泣きそうな顔をした。

「後足で砂をかけるようなことをするって言うのかい？」

おしげだった。

「これまでの恩返しはしなければなりません。そのためにあっしは、売り上げのいくらかをこの店に送るつもりです。その前に、あっしの作った菓子を食べてみてくれませんか」

佐吉は傍らに置いていた風呂敷包《ふろしきづつ》みを広げて、重箱のなかに入っている菓子を見せた。

薄桃色の桜のような形をした菓子、黄葉した銀杏《いちょう》のような菓子、真っ白い雪見大福、そして羊羹《ようかん》だった。

ほんのりとした色合いと形を見ただけで、なんとも涎《よだれ》が出そうなほどだ。

「帰ってくる途中の宿で、台所を借りて作ってきたものです。どうぞ、召しあがってください。夏目様もどうぞ……」

「これ、ほんとうに佐吉さんが作ったの？」

お鶴が重箱をのぞき込んで目をまたたかせる。お菊はぽかんと、小さく口を開いて驚いている。おしげも感嘆している様子だ。

母娘《おやこ》三人が手を伸ばして口に運ぶ。要之助も雪見大福をつまんで食べた。みんな声をなくしていたが、お菊はこんなおいしいものは食べたことがないと言う。お鶴も然《しか》り。そして、おしげは「驚いた」と、つぶやきを漏らした。

要之助もなんとも言えぬやわらかい食感と、上品な味に目をまるくした。言葉をなくすとはこのことだった。

「いかがでしょう?」

佐吉がみんなの顔を見て問うた。誰もがこれなら藤田家の御用達になれる、この町のどこの菓子屋にも負けない、これなら絶対客が来ると請け合った。

「佐吉さん、ほんとうに腕をあげたのね。これはほんとうに見事な菓子よ」

お菊が言えば、

「うちの人にもこんな菓子を食べさせてやりたかったわ」

と、おしげが言葉を添える。

「この町でこんな菓子を売るのは勿体《もったい》ないわね」

お鶴だった。

「おかみさん、もう一度ご相談です」

佐吉は立ちあがると、おしげに体を向けて腰を折った。

「小さい頃から世話になった旦那《だんな》とおかみさんには、足を向けて寝られないあっしです。旦那は亡くなりましたが、おかみさんには恩返しをしなければなりません。そのためにも店を大きくして、繁盛する店にしたいと心の底から思っています」

「…………」

「無理なお願いかもしれませんが、この店をたたんで、いっしょに大坂に行ってもらえませんか。あっしは大坂で勝負したいんです。いずれは日の本一の菓子屋になる店を作りたいと考えています。聞いていただけませんか」

佐吉は深々と頭を下げた。

「わたしは大坂に行ってもいいわ。佐吉さんのこの菓子ならどこの店にも負けないと思うもの」

お鶴だった。

「そうだね。おまえがそこまで考えているなら、話に乗ろうか。でも、お菊は？」

おしげは折れてお菊を見た。

「わたしはお鶴とおっかさんがいいと言うなら文句はありません」

佐吉はほっとした顔になった。

「ついでと言っちゃなんだが佐吉、おめえ、お菊のことをどう思ってる？」

要之助は佐吉をまっすぐ見た。

「お菊はおめえのことをずいぶん心配していた。それに縁談話があっても、お菊は断っている。それはおめえのことがあるからだろうと、おれは察しをつけていたんだが……」

「夏目様……そんなこと……」

慌てるお菊を佐吉が遮った。

「いえ、そのこともあるんです。あっしは、できることならお菊さんといっしょになりたいと、前々から考えていました。もし、あっしのような男でよかったら受けていただけませんか」

お菊は戸惑った顔を、お鶴とおしげに向けた。

「お菊、相手は一流の菓子職人だよ。遠慮することはないだろう。それに互いに気心も知れているんだ」

さっきとは大違いで、おしげは掌《てのひら》を返した。

「どうするんだ、お菊。大の男がこうやって頭を下げてんだ」

要之助が背中を押すようなことを言うと、お菊はゆっくり立ちあがって、

「佐吉さん、よろしくお願いいたします」

と、頭を下げた。

「よし、これでめでたしめでたしだ！　よかったな佐吉、そしてお菊」

要之助が言うと、お菊は涙目になっていた。よかった、とお鶴が居間で泣いている。佐吉も嬉《うれ》し涙を流していた。

「さあ、おれは去《い》のう。後は仲良く相談してくれ。邪魔をしたな」

要之助は立ちあがると、そのまま店を出た。

「夏目様」

すぐにお菊の声が追いかけてきた。振り返ると、

「いろいろとお世話をおかけいたしました。ありがとうございました」

と、お菊が目をうるませて頭を下げた。

「ああ、幸せにな」

要之助は口の端に笑みを浮かべ、二度三度とうなずいて背を向けた。

腹に据えかねる調子のいい軍之助のことはあったが、なんだかすっきりした気分だった。

「要さん、要さん」

暮れはじめた空を見あげると、ちらちらと雪が舞っていた。

路地から出てきた源吉が声をかけてきた。

「こんなとこでなにしてやがる？」

「注文取りですよ。雪が降ってきましたね」

腰に大福帳をぶら下げた源吉が歩み寄ってくる。

「あ、源公、そこだ。あ、踏みやがった！」

「え、えっ、なんです？」

源吉が立ち止まって怪訝《けげん》そうな顔をする。

「いま犬の糞《くそ》を踏んづけただろ。ほれ、足を見てみろ」

「あ、あっ、なんてこった」

ひょっとこ踊りみたいに慌てる源吉の仕草がおかしくて、要之助はワハハと愉快そうに笑った。

「嘘だよ。冗談だよ」

「まったくう」

源吉が恨めしそうな顔をする。

「おい、酒でも飲みに行くか。一杯奢《おご》ってやるからついて来な」

要之助は再び歩きはじめた。町のあちこちから、ぺったんぺったんという餅《もち》をつく音が聞こえていた。

本書は書き下ろしです。

武《さむ》士《らい》はつらいよ

稲《いな》葉《ば》 稔《みのる》

令和6年 3月25日 初版発行

発行者●山下直久

発行●株式会社KADOKAWA
〒102-8177 東京都千代田区富士見2-13-3
電話 0570-002-301（ナビダイヤル）

角川文庫 24098

印刷所●株式会社暁印刷
製本所●本間製本株式会社

表紙画●和田三造

●お問い合わせ
https://www.kadokawa.co.jp/（「お問い合わせ」へお進みください）
※内容によっては、お答えできない場合があります。
※サポートは日本国内のみとさせていただきます。
※Japanese text only

ISBN 978-4-04-114380-3 C0193

◇◇◇

角川文庫発刊に際して

角川源義

第二次世界大戦の敗北は、軍事力の敗北であった以上に、私たちの若い文化力の敗退であった。私たちの文化が戦争に対して如何に無力であり、単なるあだ花に過ぎなかったかを、私たちは身を以て体験し痛感した。西洋近代文化の摂取にとって、明治以後八十年の歳月は決して短かすぎたとは言えない。にもかかわらず、近代文化の伝統を確立し、自由な批判と柔軟な良識に富む文化層として自らを形成することに私たちは失敗して来た。そしてこれは、各層への文化の普及滲透を任務とする出版人の責任でもあった。

一九四五年以来、私たちは再び振出しに戻り、第一歩から踏み出すことを余儀なくされた。これは大きな不幸ではあるが、反面、これまでの混沌・未熟・歪曲の中にあった我が国の文化に秩序と確たる基礎を齎らすためには絶好の機会でもある。角川書店は、このような祖国の文化的危機にあたり、微力をも顧みず再建の礎石たるべき抱負と決意とをもって出発したが、ここに創立以来の念願を果すべく角川文庫を発刊する。これまで刊行されたあらゆる全集叢書文庫類の長所と短所とを検討し、古今東西の不朽の典籍を、良心的編集のもとに、廉価に、そして書架にふさわしい美本として、多くのひとびとに提供しようとする。しかし私たちは徒らに百科全書的な知識のジレッタントを作ることを目的とせず、あくまで祖国の文化に秩序と再建への道を示し、この文庫を角川書店の栄ある事業として、今後永久に継続発展せしめ、学芸と教養との殿堂として大成せんことを期したい。多くの読書子の愛情ある忠言と支持とによって、この希望と抱負とを完遂せしめられんことを願う。

一九四九年五月三日